大家族四男 10

兎田士郎の町内祭でわっしょいしょい

日向唯稀／兎田颯太郎

この作品はフィクションです。
実在の人物・団体・事件などに
一切関係ありません。

大家族四男 10
兎田士郎の町内祭でわっしょいしょい

contents

大家族四男シリーズ

人物紹介

兎田士郎《とだしろう》
本書の主人公
10歳　小学四年生　家族で唯一の眼鏡男子
希望ヶ丘町で有名な美形ぞろい大家族兎田家の
七人兄弟の四男
超記憶力症候群と思われる記憶力の持ち主

兎田寧《とだひとし》
20歳　兎田家長男
製粉会社営業マン

兎田双葉《とだふたば》
17歳　兎田家次男
高校二年生
生徒会副会長

兎田充功《とだみつぐ》
13歳　兎田家三男
中学二年生

兎田樹季《とだいつき》
7歳　兎田家五男
小学二年生

兎田武蔵《とだむさし》
4歳　兎田家六男
幼稚園の年中さん

兎田七生《とだななお》
1歳後半
兎田家七男

兎田颯太郎《とだそうたろう》
39歳　士郎の父
士郎の母・蘭は他界している
大人気アニメ『にゃんにゃんエンジェルズ』の
シナリオ作家

エリザベス
隣の老夫婦が飼っている犬
セントバーナード　5歳　実はオス

九智也《いちじくともや》
士郎の同級生　ユーチューバーを目指している
前作で盗撮騒ぎを起こす
父親は放射線技師

大家族四男 10

兎田士郎の
町内祭でわっしょいしょい

1

夏休みも中盤、週が明けた月曜日。

時計の針は十時を回ろうとしていた。

「兎田《とだ》さん。一番へどうぞ」

名前を呼ばれて「はい」と返事をするも、士郎《しろう》はいつになく心臓がドキドキしていた。

（治っているとは思うけど。再診でＯＫがでるまでは、緊張するな――）

付き添う父親と顔を見合わせながら、予約していた総合病院の診察室へ入る。

すると、女性看護師に誘導されて丸椅子へ腰を下ろした士郎に、先日かかった救急から引き継いだ整形外科担当の若い男性医師が、カルテを見ながらお決まりのように聞いてきた。

「調子はどうですか？」

「はい。もうどこも痛くありません。歩行は昨日から普通にできていますし、夕飯では箸も使えました」

「そう。それはよかった。一応確認するから、患部《かんぶ》を触るよ。そしたら、まずは右足からね」

「お願いします」

夏休みだというのに思いがけない怪我を負ったため、地元では「希望ヶ丘のキラキラ大家族」と呼ばれる兎田家の四男で小学四年の士郎は、一週間ほど至れり尽くせりな生活を送ってきた。

普通ならば右側の手首と足首に捻挫《ねんざ》を負ったことで、身動きが取れずに不自由な生活を強《し》いられることだろう。

しかし、この状況に自他共に認めるブラコン兄弟たちが我先に手をかけ、士郎の面倒を見てくれた。

それこそ長男で二十歳にして社会人二年の寧《ひとし》が「おはよう。手足は痛くない？」と枕元で微笑み、身体を起こしてくれるところから始まり――。

次男で高校二年の双葉《ふたば》が「トイレが先か？」と聞けば、三男で中学二年の充功《みつぐ》が「それとも洗面を先にするか？」と更に聞いてくる。

しかも、トイレと洗面が済むと、今度は五男で小学三年の樹季《いつき》が六男で幼稚園年長の武蔵《むさし》と一緒になって洋服を手に待ち構えており、「武蔵、痛くしないように気をつけてね」「まかせて、いっちゃん！」と、二人掛りでパジャマを着替えさせてくれる。

こうなると士郎はされるがままだ。

その上、これらをニコニコしながら見ていた七男で一歳後半の七生《ななお》までもが、オムツでふっくらしたお尻をフリフリしつつも、「あい！」と手を差し伸べてくれる。

さすがにここで手を引いてもらうわけにはいかないが、末弟までもが世話をする気満々で接してきたということだ。

また、こうして兄弟たちに構われたところで子供部屋のある二階から一階へ下りると、最後はこの大家族を「キラキラ」と言わしめる大元となった若くて美形な父親で、アニメ原作・シナリオライターなどの作家業を営む颯太郎《そうたろう》の登場だ。

利き手が使えない士郎でも不自由なく食べられるおにぎりやサンドイッチ、みじん切りの具だくさんスープなどの朝食を用意してくれている。

当然、ここでも上げ膳据え膳で――。

その後は、仕事やバイトで夜まで構えなくなる颯太郎から寧、双葉の分まで、充功から七生、果ては隣家で飼われる雄《おす》のセントバーナード・エリザベスまでもが、寄り添って杖代わりになってくれるのだ。

外出をすればママチャリの荷台が用意されての送迎、帰宅すればお風呂から就寝までの介助。

この一週間、士郎自身がしていたことといえば、トイレの中で用を足すことと、自ら開いた子供たちの勉強会――通称「オフライン士郎塾」用の準備や問題作りなどといった頭脳労働及びパソコン作業だけだ。

確かにこれらは利き手でもない左一本での片手作業だったが、二日もすれば慣れたもので、士郎は特に不自由だとは感じなかった。

「――そうですね。患部の腫《は》れもすっかり引いていますし、ご本人も昨日から違和感はないと言っている。これならもう、大丈夫でしょう」

こうした家族の助けもあり、士郎は患部の触診を終えると、担当医から完治《かんち》の御墨付きをいただいた。

眼鏡の奥では両の瞼が自然と見開く。

「ありがとうございます」

自身で調子の説明をしたときより声も明るい。

「よかったね、士郎」

「うん」

颯太郎も安堵したようで、ニコリと微笑む。

ブラインド越しに差し込む夏の日差しの具合も相まって、士郎には颯太郎のキラキラ感がいっそう増して見えた。

また、嬉しそうに士郎の頭を撫でる颯太郎の姿を見た担当医と看護師も、どちらからともなく目を合わせて頷き合っている。

軽症だったとはいえ病院関係者にとって、患者とその家族が完治して喜ぶ姿は、やはり嬉しいのだろう。

病院へ訪れた者が、必ずしも元通りの生活に戻れるとは、限らないだけに――。

「それでは、ありがとうございました」

「よい夏休みを」

「はい」

診察を終えると、治療内容を記した表と診察券の入ったファイルをもらって部屋を出る。

診察室には、すぐに次の患者が呼ばれて入っていく。

「さっそく充功たちに知らせないとね」

「うん」

士郎は、肩掛けのバッグからスマートフォンを取り出す颯太郎と共に、公衆電話や売店、総合受付や薬局案内などが揃うフロアへ向かった。

「士郎。ちょっとそこで待ってて」

「はい」

颯太郎が窓口に、会計用のファイルを提出するための列へ並ぶ。

士郎は行き交う人々の邪魔にならないように、隅へ寄った。

（――あ、智也《ともや》くんのお父さんだ）

すると、ここで士郎はクラスメイトで将来はユーチューバーを目指しているという、九《いちじく》智也の父親が歩いているのを目に留めた。

彼はここに勤める放射線技師。

今朝も家を出るときに、「もしかしたら、ばったり会ったりして」などと話していたこともあり、少し嬉しくなった。

しかし、挨拶だけでも、と思った士郎に反し、当の九は忙しそうだ。

スマートフォンを握り締めたまま、正面玄関から足早に出て行く。

（急用かな？　でも、顔つきがちょっと深刻そうだった？）

士郎は眼鏡越しに目を細める。

「どうしたの？　士郎」

ファイルの代わりに、番号札を手にして戻ってきた颯太郎が声をかけてきた。

「今、智也くんのお父さんを見かけたんだ。けど、急いで外へ行っちゃったから」

「そう。まあ、ここは九さんにとっては職場だしね。挨拶なら、また今度会うことがあったらでいいんじゃない？」

「うん。そうする」

簡単なやりとりだけで心情を理解し、答えてくれる颯太郎に、士郎は素直に従った。

（トラブルじゃないといいけど）

とはいえ、士郎は先ほど見た九の表情が気になっていた。

スマートフォンを片手に院外へ出て行った様子から、私用だろうことが想像できるだけ
に、いい知らせや用件で動いていた様には見えなかったからだ。

「それより寧たちが〝おめでとう〟って」

それでも颯太郎から話を続けられれば、すぐに気持ちを切り替える。

「もう、メールを送ったんだ。というか、返ってきたんだ」

「並んでいる間にね。――あ、番号を呼ばれたから、会計を済ませてくるね」

「はい」

提出に並ぶほど混んでいるわりに、会計処理はスムーズだったようだ。

士郎は再び会計窓口へ向かう颯太郎を見ながら、クスっと笑ってしまった。

視界に入るやりとりから、相手の事務員さんが、焦って謝罪しているのがわかる。

（ほんとうなら、その場で会計ができたのに、うっかり医療点数の計算や保険証なんかの確認へ回してしまった。でも、それにすぐ気がついたから、慌てて呼び戻すことになった――って、ところかな？）

十中八九間違いないだろう想像をしていると、颯太郎が足早に戻ってきた。

「薬や検査がないと会計も早いね。さ、ドーナツを買って帰ろう」

しかし、颯太郎が口にしたのは、これだけだった。

相手から謝罪されたことも、ちょっとしたミスがあったことも言わずに、よかった部分だけを話して終わらせてしまう。

とても些細《ささい》なことだが、士郎は颯太郎のこうした何気ないところが大好きだった。

中にはこの程度のことでも不機嫌になる人、一言愚痴《ぐち》らないと気が済まない人もいると知っているからだ。

「ドーナツ？」

それにしても、予定が増えている。

士郎は、自分の背に手を回して、正面玄関へ歩き出した颯太郎の顔を見上げた。

「留守番組を代表して樹季がねだってきた――って、充功が知らせてきたから」

「なるほどね」

弟たちからのおねだりを聞いて、士郎は改めて病院へは颯太郎と二人きりで来たことを実感した。

そう言えば、整形外科へカルテを提出したときも、

〝病院は大変だけれど、今だけはお父さんを独り占《じ》めね〟

――などと言って、看護師さんから微笑まれたが、士郎はそう言われてもあまりピンとこなかった。

もしかしたら兄弟が多いと、こうしたときには親を独り占めにしている優越感のようなものが起こるのかもしれないが、士郎からすると普段ならまず空《あ》くことがない両手が空いていることのほうが寂しく思える。

きっと何人いても、颯太郎が常に一人一人を気にかけ、また兄弟同士でも気にし合っていることが、当たり前になっているからだろう。

こんなところでも士郎は自身の置かれた家庭環境のよさ、家族仲のよさに感謝を覚える。

同時に、無性に兄弟たちの笑顔が見たくなってきて――。

「あ。そうしたら、そのドーナツ分は、僕のお小遣いで買わせて」

「士郎の？」

「うん。お父さんや充功たちはもちろん、今回は樹季たちにもすごくお世話をしてもらったから。そのお礼ってことで」

士郎は自らお土産を買わせて欲しいと主張した。

「そう。それは、樹季たちは大喜びかもね。あ、でもせっかくだから、お隣のおじいちゃんたちにも買っていこうと思うんだ。だから、買うのは父さんと半分ずつにしようね」

颯太郎は士郎の気持ちを察しつつ、しかし負担が大きくならないような提案をしてくれた。

「はい」

なのでここは士郎も二つ返事で了承する。

(今日のおやつタイムはお隣のおじいちゃん、おばあちゃんにエリザベスも一緒かな)

自然と口角が上がってくる中、いっそう足取りも軽くなり、駐車場へ向かう。

「それは、本当ですか!?　ありがとうございます。頑張ってみます。よろしくお願いします」

すると、妙にはしゃぐ男性の話声が聞こえてきた。

「?」

隣を歩いていた颯太郎が、一瞬気を取られて辺りを見回す。

しかし、物陰で電話しているのだろう、誰の姿も見えない。

「今のは、智也くんのお父さんだよ」

ただ、士郎には九の声に覚えがあった。

彼の声色は少し低くて、特徴がある。いい意味で響きのある低音ボイスなのだ。

「え、九さん?　そうだった?」

だが、それなら颯太郎だってつい先日話をしたばかりなのだから、忘れてはいない。

伊達にアニメの原作を書いているわけではないし、仕事関係者には声優をしている知り合いもいる。

当然、ボイスサンプルを聞く機会も多く、そもそも耳がいい。

ようは、そんな颯太郎が九だとわからなかったほど、今の話声は浮かれていた。

本人もその声も知っているからこそ、九だとは思わなかったということだ。

「うん。でも、なんかいいことがあったみたいだし、よかったね」

それでも士郎がそう言って微笑むと、颯太郎も「なるほど！」と同意した。

「確かに、よほどいいことがあったんだろうね」

その後は何事もなく車へ戻り、病院をあとにした。

そしてお目当てのドーナツを買うために、回り道をして帰ることになった。

＊　＊　＊

普段なら自宅で手作りするドーナツだが、今日は特別だ。

士郎は颯太郎の運転で、自宅のある希望ヶ丘新町と旧町の間、丁度小学校がある辺りのバス停近くのパン屋へ向かった。

寧や双葉が通勤通学で利用している最寄り駅周辺にも有名なチェーン店などがあるが、やはり越してきたときからよくしてくれる樹季の幼稚園時代からの同級生、岡田《おかだ》郁也《いくや》の両親が営んでいる店に愛着があり。兎田家で「ドーナツ」と言えば、この〝ベーカリー岡田〟のものだからだ。

また、ここは製粉会社に勤務する寧曰《いわ》く――、

「いくら昔からやってる自宅店とはいえ、年々小麦粉の卸値《おろしね》は高騰《こうとう》、消費税だって上がっているはずなのに、値上げもしないなんてすごく良心的だよね。特にドーナツなんて、若干小ぶりとはいえ一個五十円だよ。樹季や武蔵でもワンコインを握り締めて買いに行けるなんて、ものすごい親切！」

――と、以前から大絶賛。

しかし、ここはパン屋だ。

ドーナツ自体の種類はパン生地から作られたふわふわなドーナツと、生地が硬めなオールドファッションの二種類しかない。

ただ、これが素朴で美味しい。

何より士郎の所持金でも「僕がみんなの分を買っていく」と言えるお手頃価格は、やはり魅力的だ。

（おじいちゃんとおばあちゃんの分を入れても、税込みで十個五百円。なんなら一種類ずつで十個買ってもいいかも？）

そんなことを考えながら、駐車場に止めた車から下りて店のドアを開く。

カランカランと耳心地のよいカウベルが鳴る。

同時に自家製の酵母《こうぼ》で作られた焼き立てパンのいい香りに、士郎は鼻孔《びこう》をくすぐられた。

店は自宅一階に十畳ほどの売り場を設けているのだが、元々がカントリー調のログハウスなので、外観も内装もとてもお洒落《しやれ》だ。

何よりこのいい香りと木造りがとてもマッチしている。

「いらっしゃいませ――。あら、兎田さん。士郎くん。もう怪我はいいの？　先週はうちの子の宿題まで見てくれて、ありがとうね」

売り場の奥から焼き立ての食パンを持って出てきたのは、郁也の母親だった。

店はもともと郁也の父親の実家で営んでおり、彼女は都心からこちらへ嫁に来た。

それもあり、都心から越してきた兎田家とは意気投合するのも早く、特に士郎たちの母親・蘭《らん》とも仲が良かったママ友の一人だ。

常に店頭にいるためか、ラフな普段着に制服代わりのエプロン。髪は一つ結びのお団子で、化粧気こそないが爪は短く切りそろえられており、清潔感のある、とても明るい女性だ。

「本当。今の時期からあの子が宿題をやっているのなんて、生まれて初めて見たわ。これも士郎くんの塾と、誘ってくれた樹季くんのおかげよ」

「そんなことは――。こちらこそ、いつも樹季が遊んでもらって。ねぇ、お父さん」

「そうですよ。生憎《あいにく》、今年は同じクラスにはなれませんでしたが、放課後に公園へ行くと、かならず声をかけて仲間に入れてくれて。武蔵や七生もいるのに、優しいんだよって言って、喜んでます」

「そう言っていただけると嬉しいわ。というか、今年はクラスが変わってしまったから、郁也としては放課後勝負なのかも。樹季くん、士郎くんたちにも負けないくらい人気者だから」

　他愛もない世間話をしつつも、岡田は快活《かいかつ》な笑みを浮かべている。

「それで、今日は？」

「あ、ドーナツを買いに来たんです。樹季たちのリクエストで」

「まあ、嬉しい。丁度今日のお買い得品なのよ。よかったわ」

　そうしていったん話を区切ると、岡田はトレイに持っていた焼き立ての食パンを所定の場所に並べ始めた。

　士郎と顔を見合わせながら、颯太郎が購入用のトレイとトングを持つ。

　そして、レジ近くに置かれたドーナツ前に立つと、確かに本日のサービス品となっており、五個入り袋が税込み二百円だった。

「お父さん。お買い得すぎる」

「本当にね」

　思わず口走ってしまった士郎の脳内では、寧が「小麦粉の原価が！」と叫んでいるようだった。

サイズが変わったわけでもないのに、お持たせにしても喜ばれるような美味しい自家製ドーナツが！　と、これには颯太郎の目も輝いている。

「そしたら一種類十個ずつの二十個買ってもいいよね」

「そうだね。そうしよう。でも、こうなるとサービス分で他のパンも欲しくなるね。せっかくだから家では焼けないような――、うん。クロワッサンのセットを買っていこう」

「え？　いいの？」

「いいの、いいの。父さんが食べたくなったから」

「そっか。でも、そうだよね。ここに居たら、いっぱい食べたくなっちゃうよね」

「――ね。香りに誘われるし、お腹が空いてくる」

まんまとお店の策略に乗ってしまったが、颯太郎と士郎は満面の笑みだった。

これまた五個で四百五十円のクロワッサンのセットを二袋トレイに乗せていく。

すべて袋入りだから乗せられたが、この時点でトレイは山盛りだ。

これを見ていた岡田の口角が自然と上がる。

だが、そんなときだった。

カランカラン――と、扉に付けられたカウベルが鳴る。

「いらっしゃいませ」

「ああ、ごめん！　客じゃない。やっちゃんを迎えに来たんだよ」

親しげな笑顔で入ってきたのは、旧町にある和菓子屋の二代目・増尾《ますお》だった。颯太郎と大差ない年頃の彼は、現在地元青年団の団長で、武蔵と同じ幼稚園に通う双子の娘がいる。

「――え？　今日もですか」

「ごめんごめん。ちょっと行ってくるから、あとは頼むな」

「あなた!?」

岡田が眉を顰《しか》めるも、声を聞きつけたらしい主人が、奥から買い物袋を片手に飛び出してきた。

彼は増尾と同級生で、同じ青年団員。

このあたりは、地元で家業を継いでいる者たちならではの繋がりだが、特に彼らの同級は〝二代目〟が多く、他学年よりも結束力が堅い。

町内会行事にも意欲的に動き、避難所生活訓練のときなども率先して炊《た》き出しなどをしてくれていた。

士郎が知る限りでも、町内で炊き出し、餅《もち》つき、神輿担《みこしかつ》ぎと言ったら、この青年団だ。昔は別にあったらしい消防団も、今はこの青年団が兼ねている。

「ああ、兎田さん。ご無沙汰《ぶさた》してます」

「こんにちは」

「これから町内会館で祭りの打ち合わせをするんですけど、よかったら一緒にどうですか？」

打ち合わせと言いつつも、あえて颯太郎にわかるようにして見せた買い物袋の中には、缶酎《かんちゅう》ハイやつまみになりそうな乾き物が入っていた。

どうりで岡田が、増尾から「迎え」と聞いた途端にムッとしたわけだ。

「ありがとうございます。でも、今日は予定があるので」

「相変わらず忙しそうですね——。そしたら、またの機会に。祭りが終わるまでは、集まってますんで」

「はい」

颯太郎が丁重に断ると、男たちは「じゃあ」と笑って出て行った。

「お神輿とか山車《だし》の打ち合わせかな？」

「そう言えば、町内祭は今週末の土日だもんね」

見送る形で残された颯太郎が、店内の空気を察して、士郎に話しかける。

「迷惑でしかないわよ、本当に。いくら自営業者ばかりの集まりだからって、こんな昼間っから！」

「「!?」」

しかし、完全に腹を立てていた岡田相手には、無駄な抵抗だった。

とはいえ、岡田が今にも舌打ちしそうな勢いで愚痴をこぼしたことには、士郎だけでなく颯太郎も驚いていた。

親子揃って肩をびくつかせたためか、さすがに岡田も我に返る。

「――あ、ごめんなさい。レジ、よね」

愛想笑いでこの場を誤魔化し、そそくさとレジの前へ戻っていく。

「ドーナツセットが四袋、クロワッサンセットが二袋。税込み千七百円になります」

すぐに気持ちを切り替えるのは難しそうだが、それでも岡田は無理矢理作った笑顔を浮かべて、レジを打って商品を大きな袋へまとめていった。

颯太郎は余計なことは一切口にせず、財布から千円札と五百円玉を取り出す。

「士郎は端数だけだして」

「端数って、これだと二百円しか――」

「一袋は士郎からのお礼だよってだけで、十分だから。ね」

「……、ありがとう」

恐縮しつつも、ここは早めの会計が吉《きち》だと思い、士郎は言われるまま短パンのベルト通しに付けていたリストロープ付きの小銭入れから、百円玉二枚を取り出した。

セントバーナードの顔をモチーフにした小銭入れは、寧が初任給で買ってくれたもので、中には折りたたまれた千円札一枚と五百円玉も一枚入っている。

毎月お小遣いはもらっても、士郎自身が欲しいと思う勉強絡みの知識は、図書館か颯太郎からのお下がりパソコンで手に入れることができるので、よほどのことがないと使わない。

せいぜい弟たちにお菓子を買うくらいなので、大概はこれぐらい入っているのだ。

「士郎くんからのお礼？」

するると、二人の話を耳にした岡田がお金を受け取りながら聞いてきた。

「はい。今回は怪我のせいで、家族にたくさん助けてもらったので」

「なるほど。偉いわね～。あ、そしたらおばさんからもお礼をさせて。これ、宿題を見てもらった分。みんなで食べて」

他に客がいなかったからだろうが、岡田は思いついたようにレジ横に並べてあった三斤《きん》分の食パン一本を、新しい袋に入れて差し出してきた。

「――え!?　駄目ですよ。売り物ですよ」

「いいのいいの。夏休みの宿題を一週間分も見て、きっちり進めてもらったのよ。むしろ、これだけじゃ申し訳ないくらいよ。でも、士郎くんが見てくれたのは気持ちからだってわかっているから、おばさんも同じ。気持ちだけってことで、ね！」

自宅でも毎日ホームベーカリー二台がフル活用されて、焼き立てを食べているが、それでもパン屋さんのパンは特別だ。

それも三斤で一本のパンとなったら、まずはこの大きさで樹季や武蔵がはしゃぐ姿が目に浮かぶ。

そこへ颯太郎が背中をポンとしてきた。

士郎が確認するように見上げると、小さく頷いてくる。

これは「いただいておきなさい」の合図だ。

「ありがとうございます。そうしたら、お言葉に甘えて」

士郎は岡田からパンの入った袋を両手で受け取った。

改めて大きさを実感した士郎の顔がパッと明るくなったのは、本人にはわからない。

だが、これを見ていた岡田と颯太郎はニッコリだ。

「ご馳《ち》走様《そうさま》です」

「いえいえ。こちらこそ、ありがとうございました」

どうやら荒ぶっていた岡田の気持ちも、大分落ち着いたようだ。

颯太郎が会釈をすると、士郎は一歩先にレジ前から扉へ向かう。

「今日と明日はパン祭りだね」

「本当に――!?」

すると、扉に手を伸ばした瞬間、三度《みたび》カウベルが鳴る。

「あ、こんにちは」

颯太郎たちを見るなり、笑顔になって入ってきたのは、和菓子屋の奥さん――増尾だった。

「こんにちは」

「あ、岡田さ～ん。うちの旦那、来なかった？」

「来たわよ～。今、うちのを迎えに来たわ。また、町内会館で打ち合わせですって」

　しかし、会話が始まったと同時に、岡田から笑顔が消えた。

　これに気付いた颯太郎と士郎は、そそくさと店の外へ出る。

「何が打ち合わせよ！　青年部だか地元の同期会だか知らないけど、祭りを言い訳に、こっちに仕事を押しつけてさ」

「本当、さぼってるだけでさ。超、腹立つ」

「だよね――。ってか、腹が立つって言えば、九さん。この前の会合も来なかったのよ。あれだけ今年はうちが班長、おたくが副班長だからね。仕事で忙しいのはわかるけど、夏祭り関係だけは時間作ってねって言ったのに」

「そうなの？　あ、お茶出そっか。これから昼休みでしょう。愚痴ぐらいしか聞けないけど、吐き出していきなよ。私も溜まってるからさ～」

「ありがとー」

　すでにエキサイトしている二人の会話は、扉を閉めても聞こえてきた。

盗み聞きをするつもりはなかったが、それにしても内容が内容だ。

士郎からすると、無視ができない。

「これって、智也くんのお母さんかお父さんに、やんわり伝えるほうが、いいのかな。同じ町内会でも、旧町側のほうが〝昔ながらの〟がつく分、厳しいというか、なんというかだし……」

商売柄もあるだろうが、岡田も増尾も人前で愚痴を言うほうではない。

二人きりになったから出たのかもしれないが、それにしたって、よほど溜まっていなければ、扉を閉めた直後にあの状態はないだろう。

「そうだね。班長自体、回って来ても十年に一度くらいのことだし。一年の行事の中でも、盆暮れだけでも頑張っておけば、まあ——当たり障《さわ》りなくは過ごせるし」

「士郎！」

しかし、こんなときに限って、九智也が小走りでやってきた。

中肉中背よりは、ややぽっちゃりめ。クラスでは士郎に次いで成績がいいほうで、全国統一テストも四年生の部なら一〇〇番内に入っているという、なかなか頭の切れる男子生徒だ。

利き手には財布を握り締めている。

「——あ、智也くん」

「おじさんも！　こんにちは」

「お遣い？」

「お昼ご飯を買いに来たんだ。なんかドーナツがお買い得ってメールが回ってきたから、ラッキーと思って」

「それ、お昼ご飯じゃないじゃん」

「あ！　内緒な。じゃあ、また」

両親が共働きな上に、土日も関係のない仕事だからか、昼食は買って食べるようだ。

これがいつものことなのか、たまたまなのかはわからないが、智也は特売のドーナツを買う気満々だ。

が、この場ばかりは、問題はそこではない。

「あ、いや待って！」

「ん？」

「時間があるなら、このまま家に来て一緒に食べない？」

「え、士郎の家で？」

店内では増尾と岡田が愚痴大会でヒートアップ中だ。

すでに話題が変わっている可能性はあるが、それでも向こうからすれば今智也と会うのは気まずいだろう。

場合によっては、両親への言伝と称して、智也がきつい言われ方をされる可能性だってある。

士郎からすれば、子供にそんな八つ当たりめいたことはされたくないし、増尾たちにもしてほしくないのだ。

「そ、そうそう！　そうしなよ。うちもこれからお昼なんだ。ね、士郎」

「うん!!」

士郎の意図に気付いて、すぐに颯太郎も話を合わせてくれた。

智也からすれば、思いがけない誘いが嬉しかったのだろう。いっそう、顔が晴れ晴れとしたものになる。

「……い、いいの？　そしたら俺、お昼ご飯を買って――」

それでも律儀《りちぎ》に店へ行こうとする智也の腕を、士郎はガッチリ掴んだ。

「だから、買わなくていいよ！　営業妨害になっちゃうけど、ご飯はうちで用意するし。おかずは簡単なものになっちゃうけど、ね！　父さん」

「そうそう。大したものはないけど、このままおいで」

「え？　でも、そうしたら、せめてお土産代わりにドーナツを」

ご飯まで用意すると言ってもらえて、ますます喜ぶ智也だが、こんなときに限って、礼儀正しさ、義理堅さを発揮する。

士郎からすれば「人の気も知らないで！」だが、こればかりは仕方がない。

「ドーナツなら、もう二十個も買ったから。早く早く。弟たちも待ってるから！」

「さ、乗って乗って」

ここは親子揃って強行だ。

「？？？」

首を傾げる智也を乗ってきたワゴン車へ誘導すると、あれよあれよという間に後部席へ押し込んでいく。

行きは助手席に座っていた士郎だが、今は智也の隣に座って、シートベルトまでガッチリ付ける。

「じゃあ、出発進行～」

そして、これらを見届けると、颯太郎は車を出した。

（ありがとう、お父さん）

士郎がバックミラー越しに颯太郎と目を合わせると、どういたしまして――と言うように、笑ってウインクをしてきた。

よくわからないまま自宅まで連れて来られた智也だが、それでも士郎の手足から包帯が消えているのに気付くと、「よかったよかった」と、心から喜んでくれた。

智也は二年生のときに同じクラスで、今年も同じクラスになっただけ。

士郎とはただのクラスメイトで、日頃から特に親しいわけではなかった。

こうして学校外で声をかけるようになったのも、先週士郎塾で行っていた児童館で、智也が子守疲れで寝ていた充功や七生のおもしろ動画を勝手に撮っていたこと。また、そもそも盗撮は誰に対しても駄目だということを注意し、それを素直に聞き入れてもらったことがきっかけだ。

ただ、智也本人からすると、常に周りに人が居る、校内どころか町内でも人気者の士郎と特別仲良くなりたい、自分がなれるとは考えておらず――。

だが、せめて誰に対しても基本平等な対応をする、また決していじめをしないし、許さないを徹底している士郎にだけは嫌われたくない！　という思いだけで、よきクラスメイ

2

トに徹していた。

ようは、自分の趣味ごとで注意や動画の削除をお願いされても、素直に謝罪し、聞き入れていたのは、意識して程よい関係を壊さない努力をしてきた表れだったのだ。

もっとも士郎からすれば、そんな説明をされても自分のほうがいじめっ子の親玉と大差ない扱いをされていることに、苦笑いしそうだったが――。

それでも智也なりの考えや好意があっての気遣いなのは、理解ができた。

また、二年生のときに「いちじく」という苗字が読めず「きゅう」「くー」とからかう同級生たちをいさめて、きちんと「いちじく」読みを浸透させたことに対して、感謝をしてくれていたこともうち明けてもらったので、そうだったんだ――で、オチも付いた。

むしろ士郎自身が、大した関係性もないのにグイグイ来られるのが得意ではない分、智也への好感度が上がったくらいだ。

ただし、

「自惚《うぬぼ》れるな、俺。士郎は、そもそもみんなに親切だ。親友は一組の晴真《はるま》だ。一軍だって、たくさんいる。何より不可侵領域の兄弟たちがいるんだから、ご飯に誘ってもらったからって、全然特別じゃないからなっ!!」

智也が未だに〝程よい距離感のクラスメイト関係〟を望んでいるのかどうかは、本人のみぞ知る。

これればかりは、どんなに士郎が超記憶力を持つような天才児かつ秀才児であっても、わかりようがない。

（握りこぶしを作ってまで、何をブツブツ言ってるんだろう？　よく聞こえない。あ、やっぱりドーナツを買いたかったのかな？　もしかしたら、ドーナツがどうこうよりも、お買い物――お金を使う爽快感みたいなものを、楽しみにしていたのかもしれない？　けど、そこはまた今度ってことに、してもらうしかないしな）

何せ、突き抜けた頭の良さから「神童《しんどう》」などとは呼ばれていても、士郎自身も人の子だ。

それも奢《おご》りがなく、謙虚《けんきょ》なのが禍《わざわい》してか、他人から向けられる好意に関して、けっこう鈍《にぶ》い部分があるのだから――。

「ただいま～」

それでも気を取り直して玄関扉を開くと、廊下の先からドドドド――と音がした。

「しっちゃ～っ」

「しろちゃん、帰ってきた！　ほーたい、取れたー！　おめでとーっ」

「バウバ～ウ」

真っ先に駆け付けてきたのは、なぜか空気を入れた浮き輪を身体に通して、両手で抱える美ベイビーの呼び名も高い七生と、兄弟の中でも一番母親似で凛々しい顔つきをした武蔵。

そして、隣家から遊びに来ていたのか、セントバーナードの♂で五歳のエリザベスまで、浮き輪を首からかけている。

「見て見て、ドーナッツごっこ！」

「うんまよ～っ」

武蔵と七生が、満面の笑顔でスイカ柄やアヒルの顔が着いた浮き輪をドーナッツと言い張った。

お土産のドーナッツが待ちきれなくて、変な遊びに走ったのだろう。

ものすごい勢いで「キャッキャッ」とはしゃがれるが、咄嗟に返す言葉が出てこない。

（いや、それはスイカにアヒルって突っ込むべき？　もしくはそうだね～って、同調しとく？　ってか、エリザベスが浮き輪をはめてると、ライオンみたいなんだけど。丁度鬣《たてがみ》みたいな色だし）

ただし、このだんまりは返す言葉がないわけではなく、突っ込みどころが多すぎて何から話していいのか迷ったのだ。

こうなると、智也を中へ入れながら「へ～。可愛いね。美味しそう！」と先に返事をした颯太郎は、さすがの一言だ。

また、彼のすごいところは、これが世辞《せじ》でもなんでもない。

本心からそう思っての第一声というところだ。

「お帰りなさい、お父さん。士郎くん。あ！　智也くんも、いらっしゃいませ〜っ」

そこへ更に、美少女と見まごうばかりの樹季が走ってきた。

兄弟全員が父親と瓜八つという兄弟だが、見た目にも性格にも、わかりやすい個性がある。

さすがに浮き輪は身に着けていなかったが、しっかり手には持っていた。

三人と一匹で、いったいどんな〝ドーナツごっこ〟をしていたのか、士郎にはまったく想像が付かないだけに、かえって気に掛かる。

「わーい！　あがってくださーいっ」

「どーじょ、どーじょ」

しかし、ちびっ子たちの目は、すでに颯太郎が持っていたベーカリー岡田の袋とその中身を捉えていた。

お客さんたる智也を案内しつつ、颯太郎の手を引き「ドーナツ」「ドーナツ」とはしゃいで先を行くが、これはもう浮き輪のことではないだろう。

場合によっては、「浮き輪で何をしていたの？」と聞いたときには記憶が上書きされており、「ん？」と首を傾げられるだけかもしれない。

士郎はますます樹季たちの浮き輪を使った〝ドーナツごっこ〟が気になってきた。

そうする間に、智也が「お邪魔します」と靴を脱ぐ。

「士郎の弟って、いつ見ても可愛いな。というか、ここまでドタバタした出迎えで、うるさく感じないって。そこからして、すっごく不思議なんだけど」

リビングダイニングへ走っていく武蔵や七生、エリザベスの後ろ姿を見ながら、智也が感心したように呟く。

――が、ここで士郎は彼の言い回しが気になった。

「智也くんって、実は小さい子が苦手だった？」

もしかして――と思い、一応聞いてみる。

さすがに面と向かって「実は苦手」とは言わない性格だろうが、表情の変化でもともとの得手不得手くらいは、わかるからだ。

「うーん。一人っ子だし、めったに小さい子と関わらないから、わからないや。けど、今みたいに自分がキャーキャーしたら、家ではうるさいしか言われなかったから。そういうもんなんだって、思い込みはあったかも」

「そうなんだ」

しかし、これは士郎にとって、想定外の答えだった。

いったいどの程度のはしゃぎっぷりで言われたのかはわからないが、智也の両親は騒がしいのが苦手なのかもしれない。

ただ、これは子供相手に限ったことではない。

我が子が相手だから「うるさい」と感じたら、そのまま口にできただけのことで、他人相手なら簡単には言えないだろう。

「……ごめんなさい」

しかし、これを聞いていた樹季が、ショボンとしながら頭を下げた。

「あ！　だから、普通にしてていいんだよ。飛び出してきたところがすっごく可愛くて、すごいなって思っただけなんだ。うん！　樹季も武蔵も七生も、みんな可愛い。俺のほうこそ、変なこと言ってごめん」

智也が慌てて樹季に頭を上げさせる。

「ごめんね、樹季。そういうつもりで智也くんに聞いたんじゃなかったんだよ。でも、僕の言い方も悪かったよね」

士郎もこうなるとは思っていなかっただけに、すぐに謝る。

側に樹季がいたのに、ここで聞くことではなかったと、反省だ。

「士郎くん」

「ところで、浮き輪でドーナツって、どんな遊びをしてたの？」

二人からも「ごめん」をされて、ちょっと安心したような樹季に、士郎は話を切り替えるのに乗じて、気がかりを解消するべく質問をしてみる。

今なら、そして樹季なら、「忘れた」「なんだっけ？」にはならないという期待も込めてだ。

すると、樹季は「へへっ」としながら士郎の手に手を伸ばしてきた。

そして、包帯の取れた右手をしっかり握り締めながら、満面の笑みで言い放つ。

「絶対に落ちないフラフープ！」

「⁉」

やはり、士郎には思いつかない発想だった。

智也も同じだったようで、隣で「ぷっ」と吹いている。

（ドーナツと何の関係があるんだよ）

どう考えても、形状が似ている以外の共通点がない。

しかもフラフープという遊びが、どうしたら「ドーナツごっこ」という呼び名になるのか、士郎には暗号としてしか成立しない。

「すごいでしょう！　みっちゃんが教えてくれたんだよ。沢田《さわだ》さんや佐竹《さたけ》さんも一緒に〝落ちなーい〟って、笑って遊んでくれたの！」

「え⁉　これって発案は充功なの？　というか、沢田さんたちも来てたの？」

園児や幼児の思い付きならまだしも、これが中学生が言い出した遊びなのか？

それもなんの関係性も見いだせない「ドーナツごっこ」なのかと思うと、いっそう理解不能だ。

それなのに、「充功ならまあ、ありか」という、斜め上の部分では納得ができることに、かえって士郎は目眩《めまい》がしそうだった。

しかし、すでに充功の友人たちまで来ていると知ったら、そんなことはどうでもいい。

士郎の脳内では、瞬時に買ってきたドーナツの分配計算が始まる。

一種類十個ずつのドーナツが二種類あり、それをお隣含めて十一人で分ける予定が十三人だ。智也の分なら、もともとがお礼だし、自分の分を上げればいいと思っていたが、こうなると話が変わる。

（この場の十一人で一人一つを選んで、残ったうちの二つを兄さんたちにまずキープ。あとの七つは半分にして、これをまた十三人で分けて、余った分は食べられる人が食べるでいいか？　なんなら僕の分は欲しい人にあげればいいし、七生は形だけ分けてもらえば満足だ。もともと一個も食べられないしな）

「うん。朝になって狸《たぬき》さんが降りて来たんだって！　それで動画を撮ったからって、見せに来てくれたの」

「え？　本当！　それって俺にも見せてもらえるかな？」

「もちろん！　だって、沢田さん。士郎くんから智也くんに送ってもらおうと思ってって、言ってたもん」

「やった！」

士郎が「よし、そうしよう！」と結論付けたときには、樹季と智也で話が成立。

三人はぞろぞろと廊下を歩いて、ＬＤＫへと繋がるダイニングの扉を通る。

「でねでね！　佐竹さんが〝今日は特売だったから〟って、岡田さんのドーナツを十個もくれたんだよ。でも、まだ誰も食べてないよ。お父さんも買ってきてくれたから、二個ずつ食べられる？」

「みっちゃんたちと、プールの用意もしてくれてるんだよ！」

「やっちゃ～っ」

「!?」

すると、嬉々として説明する樹季が「ババ～ン！」と言って手を向けたダイニングテーブルの上には、ベーカリー岡田のドーナツが二種類、各五つずつ。合計十個が乗っていた。

士郎の計算が一瞬にして崩壊する。

しかも、武蔵や七生の「聞いて聞いて」によると、これからビニールプールで遊ぶらしい。

ここで、ようやく話が浮き輪と繋がった。

しかし、これでも士郎には「絶対に落ちないフラフープ」遊びには繋がらない。

本当に充功ならではの発想であり個性だ。

地元では弟たちがいじめられないようにと、自《みずか》ら「ちょっと怖そうなお兄さん」演出に余念がない充功だが、実際はこれだ。

そもそも、自己演出で悪ぶっているのに、周囲からは「弟思いでカッコイイお兄ちゃん」としか認知されていないところで、やることなすことふざけている三男で間違いはなさそうだが——。

「思いがけないところでドーナツ日和《びより》になったね」

士郎が眉を顰めたところで、颯太郎が笑いながら耳打ちをしてきた。

被ってしまったことより、分配計算をし直すことになった気持ちを察しているのだろう。

「うん。佐竹さん家は学校の前だし、言われるまでもなく岡田さんちとは近いもんね」

だが、こうなったら先ほどよりも余裕を持って考えられる。

まずは一人に各種一個ずつを振り分けて、余った四個は食べたい、まだ食べられるものが食べればいい——という、士郎からするとただの丼計算になるだけだ。

「お帰り～」

「ただいま」

「お邪魔してま～す」

「すみません。ドーナツ買ってくるって、知らなかったもので」

そうこうするうちに、庭でビニールプールを出していたらしい充功と、それに付き合っていただろう沢田と佐竹が中へ入ってきた。

沢田は見るからに普通か、ちょっと気弱そうに見えるタイプだが、最近充功たちと行動を共にするようになってから、物怖《ものお》じしなくなってきた。

反して佐竹は大柄でけっこう厳ついルックスの持ち主だ。髪も夏休みだからと、金髪に染めている。

それこそ充功が目指す〝ちょっと怖そうなお兄さん〟どころか、〝相当怖そうなお兄さん〟にしか見えない。

しかしその実態は、一人っ子ゆえに士郎や樹季、武蔵や七生に理想の弟像を抱く、気立てのよい充功のクラスメイトでもある。

特に甘えられる相手にはとことん甘える樹季にメロメロで、自ら充功と一緒になって小学校へ送り迎えをしてくれる上に、「重いよ～」の一言で、ランドセルまで持ってくれる。

士郎からすると、ちょっと将来が不安になるお兄さんだ。

「とんでもない。かえって、ごめんね。気持ちだけで十分だから、遊びに来るのに気を遣わなくていいよ」

「いいえ、これはうちの母親からなんで。充功のところへ行ってくる～って言ったら、すかさず〝これを〟って。なんか先日、夏祭りのパンフレット編集で、お父さんにお世話になったから細《ささ》やかですけど――って。その節は、ありがとうございましたと、言づかって来ました」

それでも充功の友人たちは、類は友を呼ぶのか、家族仲のよい男子が多い。

揃いも揃って、この辺りではかなり派手だったり、そうでなくても目立つルックスの面々だが、こうして颯太郎と話をしていてもしっかりしていて、礼儀正しいのがわかる。

これには智也も感心したのか、士郎と一緒になって、食い入るように見ている。

「ああ――。それこそ気にしなくていいのに。その場でお礼も言って貰っているし。何より、町内のことだから、助け合うのは当たり前だしね」

笑顔で話をしながら、颯太郎が買ってきたドーナツやパンをダイニングテーブルへ置いて、そのままキッチンへ入る。

すると、これを見た樹季が「手を洗いに行くよ～」と、武蔵や七生に向かって声をかけ、洗面所へ誘導した。

そしてこれに、なぜかエリザベスまで着いていく。

智也は「え？」と驚いている。

「そう言ってくれるのは、おじさんならではですよ。十年に一度のことでもばっくれる家はあるし、特に生まれが地元だらけの旧町民と、他から転居してきた新町民との温度差が激しいから、どうこうって。うちのじいちゃん、ばあちゃんなんか、しょっちゅう愚痴ってましたから。そういうのもあって、本当に充功の家は、班長当番に関係なく協力的で、すっごくありがたいって言ってます」

　すると、佐竹と颯太郎の話を聞いていた沢田が、ここで話に加わった。

「あー。それはうちもかな。ただ、うちの母親は外から来た人間だからかな？　自分は人見知りなほうじゃないし、じいちゃんばあちゃんからしてこの土地生まれで社交的だから、まあ早々に馴染《なじ》めたけど。でも、これぱっかりは新町も旧町も関係ない。個人の性格や考え方の差よ――って。蘭ママに言われてから、確かに！　ってなってたぞ」

　しかも、いきなり母親――蘭の話が出てきて、士郎は思わず充功と顔を見合わせる。

「あ!?　お前の母親の意見じゃなかったのかよ」

　しらっと話の流れが変わったことに、佐竹は驚きながらも笑って突っ込んでいた。

　こうした会話運びは、普段からよくあることなのだろう。

　昼食の支度を始めた颯太郎も、手を洗いながら笑っている。

「うん。なんかそれまでは、うちの母親も〝自分だって余所《よそ》から来て努力したんだから、新町の人たちだってしてほしい〟みたいな意見だったんだって。でも、言いたいことはわかるけど、うかつに新旧で括《くく》るのはやめたほうがいいって。実際、お宅の旦那は昔から居るけど、妻に丸投げで何もしないじゃ～んって笑われて、目から鱗《うろこ》だったらしいよ」

　とはいえ、これは結構な爆弾発言だ。

　少なくとも、言いたい放題な蘭の話に、

「うわっ！」

「お母さん」

「……申し訳ない」

充功、士郎、颯太郎は続けざまに声を発した。

特に士郎は、リビングに置かれた仏壇の遺影《いえい》を見てしまったほどだ。

美人で快活で笑顔が似合う蘭だったが、今日ばかりは「しらなーい」と目をそらしているようにも見える。

これこそ、気の持ちようではあるが……。

「いえいえ！　本当に目から鱗というか、真の敵は親父だった！　じゃないですけど。めっちゃ一家全員で納得してました。唯一、親父だけがポカンとして。真顔で〝だってうちは、両親とお前がきちんとしてるんだから、なんの問題もないだろう〟って言って、そこから正座で小一時間説教されてました。兎田パパを見習えは酷《こく》だから言わないが、せめて自分の父親を見習えよ。問題はあんたの考え方そのものだって、そりゃもう懇々《こんこん》と」

それにしても、いきなり妻に覚醒《かくせい》された夫——沢田の父親は、さぞ思いがけないとばっちりを受けたか、巻き込まれた感でいっぱいだっただろう。

それこそ「俺は何も悪いことはしていない」と信じていたのが、「そもそもいい悪いに関係なく、何にもしていないことが悪だ！」と言われて、説教タイムに突入されたのだから。

「目に浮かぶ光景だな〜」

「でも、蘭ママの意見は正しいよ。これればかりは個人差だ。町内会なんて面倒くさいし、それいる？　って思う人もいれば、やっぱり何かのときに助けてくれるのは、遠くの親戚よりも近くの他人って考える人もいる。ましてや、家族がしてるんだから、自分はいいだろう——とかって思い込みは、ある意味最悪じゃん？　それを安易に新旧の括りで考えちゃいけないって、確かだよ」

思わず天上を見上げた充功に、佐竹が頷いて見せる。

ただ、一連の流れを聞いていた智也は、ここへ来て肩を落としてしまっていた。

すでに自宅で話題に出ていたのかもしれないが、士郎としては町内会の話を避けてここへ連れて来たはずなのに、結局はこの話からは逃れられない。

年間行事の中でも、一大イベントである夏祭りが迫っているだけに、時期が悪かったと言えば、それまでだが——。

（智也くん。この分だと、今年は自分の家が街区単位の副班長だって、それに親が協力的じゃないって、わかってるんだろうな。でも、できることだけでもしといたほうがいいと思うよ——って、やんわり伝えるには話しやすいかな？　その上で、忙しい中でも、ご両親ができそうなことってなんだろうねって、話にも持って行けるし）

とはいえ、こうなったらこうなったで、少しでもいいように考えるのが士郎だ。

「とにかく、まずは昼にしようか。佐竹くんたちも、お昼はこれからなんだろう。今、用意するから、一緒に食べていって」

颯太郎も智也と士郎の様子から察したのか、明るい口調で話をそらせてくれる。

「いや！　俺たちは用が済んだし、帰りますので」

「狸動画も智也本人がいるから、このまま転送できるし」

すると、本当にそんなつもりがなかったのだろう、佐竹と沢田が慌てて断ってきた。

沢田にいたっては、ズボンのポケットからスマートフォンを取り出して、智也に向けている。

「そんなこと言わないで、せっかく士郎が完治したんだから。お祝いランチのつもりで、食べていってよ。ね、充功」

「だから最初から、食ってけって言ってるだろう。ドーナツでランチにはならねぇんだから、最低でもおやつタイムまでいろよって。遠慮するなら、こいつらの子守をしてくれればいいだけだしよ。どうせ、これって予定もないから、来てくれたんだろうしさ」

そんな二人を颯太郎と充功が引き止める。

しかも、ここへ手洗いを済ませた樹季たちが戻ってきて、

「わーい！　そしたら、ご飯食べたら、みんなでプール！」

「ぽんぽこさん見て、ドーナツ食べて、プール!!」

「やっちゃ～っ。えったん、ねー」

「バウン」

せっかく増えた遊び相手を逃がすものかと、キラキラな目を向けてきた。

エリザベスにいたっては、充功やその仲間は、散歩と称して走ってくれるランナーだ。

それこそ、逃してなるものか！　と言わんばかりに、足元にスリスリと頬を寄せた。

「……っ」

すると、さすがにこのちびっ子&もふもふの誘いには逆らえなかったのか、沢田と佐竹が目配《めくば》せをする。

「――そしたら」

「お言葉に甘えて、いただきます」

二人揃って頭を下げた。

「やった！」

「いっぱい遊べる～っ」

「やっちゃ～っ」

「オオ～ン」

三人と一匹は大喜び。

当然、これで子守の負担が分散できる充功もニンマリだ。

（佐竹さんたちには悪いけど、これで智也くんとゆっくり話ができるかな）

そして、士郎にいたっては、智也にまずは両親の状況や考え方を確認して——と思っていたときだ。

ピンポーンとインターホンが鳴ると同時に、エリザベスの顔がバッと明るくなって、玄関のほうを見た。

「ん？　おばあちゃんかな？」

まず間違いがないだろうと思いつつ、士郎が代表して「はーい」と返事をしながら、玄関先へ向かった。

すると、「待て」と言われなかったからか、エリザベスも着いて行く。

更に、七生、武蔵、樹季と続いたものだから、

「なんか、ブレーメンの音楽隊みたいだな」

「それを言うなら、ハーメルンの笛吹き男かな」

クスクス笑う佐竹に、颯太郎が続けた。

「あ！」

更に輪をかけて笑いが広がる中で、士郎が「えっと……」と、戸惑いながら戻ってきた。

その手には、まるで示し合わせたようにベーカリー岡田の特売ドーナツが入った袋が握られている。

「ごめんなさいね～。今日の岡田さんの特売が、みんなの好きなドーナツって聞いたから、おやつにと思って買ってきたのよ。そしたら武蔵ちゃんが、増えたーって」

背後にはそう言ってかしこまるおばあちゃんに、苦笑いするおじいちゃんがいた。

しかも、主が土産を持って現れたからか、エリザベスが得意顔だ。

これだけで颯太郎は吹いてしまい、充功は「マジ？」と友人たちと顔を見合わせる。

「やったー！　増えたでいいんだよね？　いっちゃん」

「うんうん。増えた増えた！　美味しいドーナツがいっぱ～い！　嬉しいね、七生」

「あ～いっ」

ちなみに隣家の老夫婦が孫のように可愛がっている子供たちへ「おやつに」と思って買ってきたドーナツだ。

袋を見ただけでも、二十個はあることがわかる。

これで合計五十個だ。

（今日の岡田さん家の特売ドーナツ。いったいその何割が、ここにあるんだろう？）

ふと考えたら、士郎は可笑しくなってきた。

「うわ～っ。俺、双葉にメールを打っとくわ。間違っても、特売情報に吊られて遠回りするなよって。もし買ってくるなら、今日ばかりは他の菓子にしろよって」

充功はすぐに今後の対策を打った。

都心へ通勤している寧の帰宅時間には店が閉まっているので、ここは心配がない。

だが、バイトに出かけた双葉は夕方には帰ってくるので、一応用心をすることにしたのだろう。

が、こんなときに限って、こうしたことは重なるもので――。

「あ!? バイト先の近くでドーナツ屋がオープンセールしてたから、士郎の快気祝いにもう予約してお金払っちゃったよ――だって。やべえ！ こうなったら寧にも言っとかないと、同じ理由で何か買って来かねない」

慌てて更にメールを打つ充功の話を聞くと、これには佐竹たちだけでなく、おじいちゃん、おばあちゃんまで笑い始めた。

ドーナツが増える度に「わーい」「わーい」と喜ぶ樹季たちと充功の焦りっぷりが対象的で、こうなったら逆にどこまで増えるのか、楽しみになったのかもしれない。

「セーフ！ 寧はまだ何も考えていなかったって！ ただ、開発部からの試食依頼でホットケーキミックスを五キロもらったって。でも、粉だから日持ちするし、ドーナツ以外のものを作ればいいよね？ だって！」

しかし、寧からの返事は、別の意味でカッ飛んでいた。

粉を社割で買ってきたり、試食用にもらってきたりというのはいつものことだが、今日のミックス粉はタイミングが良すぎる。

「うわっ！　トドメの寧さん、桁《けた》が違う！」

「さすが大手製粉会社勤務！　粉の五キロって、ドーナツ何個分だ？」

沢田と佐竹は大はしゃぎだったが、智也はこういった展開自体を初めて見たのか、目を丸くしていた。

なので士郎は、すかさず智也に言った。

「よかったら、ドーナツでも粉でもお土産に持って帰ってね」

「……あ、ありがとう」

こうなったら、心置きなくお持たせにするぞ！　だった。

何せ、ドーナツ五十個に双葉が持ち帰るのが最低八個だ。

そこへ粉が五キロとなったら、すべてを美味しく食べるためには、今日のうちに分配するのが一番だろうと思ったのだ。

「あらあら。おやつがいっぱいね～」

「うん！」

「やったー！　明日もドーナツ!!」

「うんまよ～」

それでも有り余るドーナツを前に、樹季たちは目を輝かせていた。

「バウン」

自分も少しはもらえると勘違いしたのか、エリザベスまで上機嫌だった。

＊＊＊

改めて颯太郎が誘ったことから、この日のランチは隣家の老夫婦まで含めて、総勢十一人で摂ることになった。

メニューはこれまた寧が社割で買い込んでいた乾麺《かんめん》を冷やし中華にしたもので、「ありあわせだけど」と言って颯太郎がトッピングしたのは、キュウリともやしと細切りハムのナムルに目玉焼き、あとはカニカマだったことから、よく見る出来上がりとは違っていた。

だが、タレが酸味の利いたそれならば、案外「うん。冷やし中華だ」となるもので。

そこへおばあちゃんが、作り置きのおかずをありったけ取りに行って並べてくれたことから、想像以上に豪華な昼食となった。

それでも樹季たちの麺がいつもより少なめに盛られていたのは、このあとにドーナツを食べることを考慮したからで。せっかくいただいた分もあるのだから、佐竹や老夫婦にも美味しく頬張る顔を見てもらおうという、颯太郎の判断だった。

ただ、士郎たちからすると、こうした颯太郎の配慮はいつものことだが、智也はとても感動していた。

そもそも昼食が始まったときから、

「すごいな。昨日もそうだったけど、学校以外でこんなに大勢の人と食べることって、あるんだな。それに普通に話もしながらのご飯とか、最高！」

そう言って驚喜《きょうき》していたが。

食後のおやつのことまで考えていた颯太郎の思いやりを知ると、はしゃぐのを通り越して、溜め息を付いたほどだ。

それも、「世の中には、そんなことまで考えてくれるお父さんもいるんだ」と、どこか諦めたようにぼやきながら――。

これには士郎の胸が、チクリと痛む。

（世の中には……？　なら、智也くんのお父さんは？）

おそらく同じようなことを感じたのだろう。

颯太郎や充功も、これには顔を見合わせていた。

士郎は、このときすでに樹季たちや老夫婦が食事を終えて、リビングテーブルで先にドーナツを食べていて、心からよかったと思う。

「まあ、ここのお父さんの気遣いは神がかっているから、自分ちと比べちゃ駄目だけど。そう言えば、智也のところは両親が共働きだったもんな」

「ん。俺たちみたいに三世代同居とかってやつでもないし。兄弟もいなかったら、そりゃ静かな昼飯だよな～。夕飯にしたって、お喋りは食後にってなったら、まずは食べることに集中しましょうって教えなんだろうしな」

また、この場に残っていたのも、たまたま両親祖父母と暮らす沢田と佐竹——一人っ子ではあっても、そこそこ賑やかな家庭で育っている者たちだったためか、昨日今日の大勢で摂る昼食に歓喜し、羨《うらや》む智也には、同情的でフォローもしてくれた。

もちろん、これは今が夏休み中だからというのもあるだろう。

だが、食事中の会話制限なども考えると、智也の家は日常的に静かな食卓——自分たちからしたら寂しい食事時間なのかもしれないと、容易に想像ができたからだ。

「でも、食べたあとには、みんなで雑談とかするんだろう」

それでも多少の望みをかけてか、充功がテンションを上げて聞く。

「え？　なんの話をするんですか？」

「！」

「智也くん。お父さん、お母さんと、今日あったこととか話ししないの？」

充功は瞬時に玉砕《ぎょくさい》していたが、さすがに聞き捨てならなかった。

士郎が具体的な質問をぶつける。

「だって、ご飯を食べたあとは、だいたいお風呂と宿題だろう。俺は好きで、動画編集もするけど——。それに、お父さんは仕事で夜もいない日があるし。お母さんは残業が多い。

早く帰ってきても、疲れた～か、仕事が～って言って、ご飯を食べたらお風呂入って仕事するか、寝ちゃうから」

すると、思いのほかさらっと言われてしまい、士郎は「あ、そうか」とだけ返した。

実際は「それは何事⁉　個人主義とか放任主義のレベルを超えてない⁉」と言いかけたが、グッと堪える。

智也の両親が仕事最優先なのは、すでに知っていた。

それで岡田が増尾の愚痴を聞くことにもなっていたのだし、父親が救急病院に勤めている限り、交代勤務なのも周知されている。

だからといって、さすがに食後の会話さえないとは、考えてもみなかっただけで。

ただ、ここで士郎が納得してみせたためか、充功たちもこれ以上は聞かなかった。

颯太郎も黙って様子を窺うだけだ。

（食後はお風呂に宿題に動画編集か――――）

おそらく智也は、物心が付いたときから、こうした環境で育っているので、多少の不満や寂しさは感じていても、この状況自体は疑問には感じていないのだろうと思えた。

また、元々の頭の良さが禍してか、両親の共働きから起きている現状にも理解があるために、不満があっても自分で気を紛《まぎ》らわす方法を見つけ出してしまう。

だが、それさえ本人は当然のことだと思っていそうだ。

両親からしたら、いや世間一般の大人たちからしたら、なんて手間のかからない子供だろう。

これで智也自身が、自分の家や家族に満足をしているなら問題はない。

しかし、実際は我慢をしているだけで、不満があるのがわかるから、士郎は問題に感じてるのだ。

（こうなると、ユーチューブ動画の投稿も、本当に好きで始めたのか、気を紛らわすために始めたのか、わからないな。ただ、どちらにしても、智也くんが僕の想像をひょいっと超えるくらい、家庭内で自立しているのはわかる。むしろ、盗撮や肖像権みたいなことは丸無視で。面白そうだからってだけで、あれこれ撮っちゃってたところに年相応の子供らしさが見えて、安堵するくらいだ）

もっとも、こんな考えを口にすれば、

〝そういうお前だって、智也と同い年だろう。悟ったような口を利くな。俺が安心できないだろう！〟

などと、充功あたりには言われそうだが――。

だが、こうした想像が付くだけで、士郎は満たされているし、家族に恵まれていると感謝ができる。

たとえ子供らしからぬ思想や頭の回転を持っていたとしても、士郎自身が十歳児で四年生を自覚できるのは、常に親兄弟がそれ以上でもそれ以下でもない扱いをしてくれるからだ。

それこそ食事中に「聞いて聞いて」をするにしても、されるにしても——。

「あ。そろそろ、ドーナツをいただこうか」

「うん」

この場は颯太郎が席を立ったことで、話題は「飲み物はどうする？」に変わった。

また、食べ始めてからは、「ドーナツが美味しい」やら「双葉はどんなのを買ってくるのかな？」などといった話で盛り上がり、

「さてと！　お前ら、そろそろ着替えて——あっ⁉」

充功が樹季たちをプールへ入れてやろうと意気込んだときには、三人ともエリザベスを枕に眠り込んでいた。

中でも七生は背中に乗った姿で、嬉しそうに俯せ寝《うつぶね》をしている。

「いや～。お腹いっぱいになったら、眠くなったみたいでの～」

「あ！　でも二時には起こしてねって樹季くんが。そうしたら、一時間でもプールで遊べるからって」

老夫婦がクスクスしている足元では、三人に枕にされているエリザベスが「くぉ～ん」と鳴いていた。

（このまま寝かせるから――ってところかな。優しいな、エリザベスは）

士郎は、エリザベス用に買って、改造したワンワン翻訳機がなくても、これくらいなら理解ができた。

さすがに三人に懐かれたら重いだろうが、エリザベスは嬉しそうに尻尾を振っている。

「うわっ。ちゃっかりしてやがるな～。お前ら、ごめん」

我が弟たちながら――とでも言いたげに、充功が前髪をかき上げた。

「いやいや。寝顔は天使だ。起きてても天使だけど」

「違いない。いや、可愛いわ～。眼福《がんぷく》！」

しかし、自ら送迎、荷物持ちまで買って出る佐竹がこんなことで機嫌を悪くするはずがなく。これには、沢田まで一緒になって、盛り上がってしまう。

すると、ここで何を思ったのか、充功が言い放つ。

「そうだ、士郎。こいつらが起きるまで、お前ら二人でプール遊びをしたら？」

「――え!?　あれって、大型ではあるけど、子供用だよ」

「何言ってるんだよ。お前ら立派な子供じゃん！　俺たちが遊んでやるからさ」

「えええっ!?」

何をどうしたら、そういうことになるのかはわからなかったが。

充功は「ほらほら」と言いながら、士郎と智也をリビングの掃き出し窓からプールが用意されたウッドデッキへ押し出した。

これはこれで、普段一人でいることの多い智也への気遣いなのだろうとは思ったが、士郎からすれば唐突でしかない。

町内会の話をしようと思っていたことを考えれば、余計なお世話に匹敵《ひってき》だ。

「そうしたら、士郎。これを智也くんに。お風呂も沸かして、バスタオルも出しておくから」

それでも真新しいTシャツと買い置きのトランクスを手にした颯太郎にまで言われてしまうと、プール遊びは確定だ。

士郎以上に成り行きについていけてない智也を、誘導するのは自分の役目となる。

「智也くん。いきなりこんなことになって、ごめんね。これ、うちの買い置きだけど、着替え用にあげるから、ズボンと靴下だけ脱いで思い切り濡れちゃって」

「え⁉　えええっ！　これって前に、大地《だいち》がお泊まりしたときにもらったとかいう、士郎のパンツ⁉　それもTシャツまでセット⁉　ええええっ！」

ただ、智也自身はいきなりのプール遊びにも動揺していたが、差し出された真新しい着替えには、明らかに挙動不審になっていた。

「あ、特価のときにまとめ買いしたものだけど、けっこう頑丈《がんじょう》にできてるんだ。そのまま普段使いをしてくれたら、嬉しいかな。ちなみに僕は水着に着替えてくるから、先に充功たちに遊んでもらっててね」

　そう言って士郎がいったん二階へ引っ込むと、

「う、自惚れるな、俺……。士郎は、そもそもみんなに親切だ。親友は一組の晴真だ。一軍の友達だって他に、たくさんいる。何より不可侵領域の兄弟たちがいるんだから、ご飯に誘ってもらって、パンツとTシャツをもらっても、全然特別じゃないからなっ!!」

　両手に拳を作って、ブツブツ、ブツブツ言い始めた。

　しかし、その頬は見る間に紅潮していく。

「――あ、でもそのストックは、俺のだと思うぞ。お前のその体型で士郎のじゃ、絶対に小さいだろうからさ」

「!!」

　ただ、思いがけないところで〝ぽっちゃり〟を指摘されると、智也はその場で膝から崩れ落ちた。

　言われるまでもなく、小学四年生男子の平均よりもほっそりしている士郎と、真逆をゆく智也が同サイズなはずがなかった。

　Tシャツの着丈《きたけ》こそ余るだろうが、胴回りだけなら充功のものでピッタリだ。

　とはいえ、ここで充功のものを出されるとは思わなかった智也にとっては、いろんな意味で衝撃が大きかったのだろう。

赤らんだ頬が、見る間に青白くなっていく。

「わっはっはっ！　うちにサイズ違いの着替えが山ほどあって、よかったな！」

しかし、そんなことはまったく気にしていない充功からは、ポンポンと背中を叩かれた。

そして、これを一部始終みていた佐竹と沢田からは、

「充功の下着ストックだと？　それはどんな勇者の最強装備だ？」

「あいつ、少なくともこの町内では安泰《あんたい》だな。兎田充功の下着を譲り受けた男って、すげえパワーワードだ」

これはこれでよくわからない感心をされ、なおかつ「一生の保険をもらったな」「おめでとう」と囃《はや》し立てられてしまった。

3

その日、夕方の六時を回った頃だった。

「ただいま～。って、どうしたみんな？　ってか、なんだこれは⁉」

士郎の快気祝いにドーナツを購入したはずの双葉が、なぜかフライドチキンとわかる手提げ袋を持って帰宅した。

しかし、いつもなら玄関先で「ただいま」と声を出せば、我先に出迎えに走るちびっ子たちが、誰一人来ない。

なんだか寂しいが、二階にいて聞こえないのかと思い、そのままダイニングへ入る。

すると、いったい何が起こったのか⁉

リビングに置かれた三人掛けソファ二台には樹季と武蔵、充功と七生が、そして床に敷かれたラグマットの上には士郎が伸びていた。

一目で「倒れた」や「襲われた」と思わなかったのは、全員がバスタオルや肌掛けを握り締めたり、かけていたりした。何より腹部に七生を乗せたまま寝ていた充功が、半分空気が抜けた浮き輪を枕にしていたことから、遊び疲れて伸びたまま寝てしまったのだろうと想像が付いたからだ。

士郎にいたっては、少し日に焼けたのか、濡れタオルを額に乗せた姿でぐったりしている。

「あーあ、あーあー。士郎の包帯が取れた途端に、はしゃいだのか？　まあ、士郎が一緒になってプール遊びってことは、樹季たちを見ているうちに、巻き込まれたかなんかだろうが……」

双葉は手にした袋をダイニングテーブルへ置くと、とりあえず一人だけ床に寝ていた士郎をどうにかしようと、タオルを外して抱き起こした。

「士郎？」

「ん……っ」

普段なら、声をかけたり手を触れたりしたところでパッと目を覚ます士郎だが、今はよほど疲れているのか、起きる様子がなかった。

それどころか、双葉が縦抱きをしたら、布団か何かと認識したのか、しっかり抱き付いてくる。

「どんなご褒美？」

思わず口角が上がる。

弟たちを甘やかすことはあっても、自分が甘えることはしなくなっていた士郎が！　と思うと、これが寝ぼけや無自覚のことであってもブラコン兄は嬉しい。

双葉はすっかり機嫌が良くなり、まるで七生のオムツ尻をポンポンするかのように、抱えた士郎の背中を撫でた。

さすがに四年生ともなれば軽くはないが、だからといって重く感じないのは、完全に浮かれているからだ。

この時点で、双葉は〝ちゃんと移動させて寝かせよう〟という最初の目的さえ忘れてしまっている。

「あ、お帰り双葉――、ん⁉」

すると、夕飯の支度をしに来たのだろう、屋根裏の三階部分にあたる仕事部屋から颯太郎が降りてきた。

「ただいま、父さん」

ただ、双葉に目配せをされて状況を察したのか、士郎が抱っこされていた姿に驚きつつも、すぐに微笑んだ。

そして、ダイニングテーブルへ置かれた袋を見つけると、

「――チキン？」

「そう。駅でばったり狸塚《まみづか》兄弟と会ってさ。立ち話ついでに、ドーナツが被って～って言

ったら、それならうちに譲って――って。丁度、雛子《ひなこ》に買って行こうって話していたところだからって。なら、同額物々交換にしよっかってことで、これを買ってもらったんだ」

「それはすごい偶然というか、よかったね」

颯太郎は双葉から説明を受けて、いっそう笑っていた。

双葉の言う狸塚兄弟とは、旧町の地主の子で長男・禅《ぜん》が双葉の同級生。

次男・匠《たくみ》が充功の同級生だが、兄のほうは高校から寄宿付きの私立校に行ったので、今は帰省中だ。おそらく兄弟で出かけていた帰りにでも、会ったのだろう。

颯太郎は話を続けながら、キッチンへ入る。

「うん。同じチェーン店のものだから、同額で数が多くてラッキーとまで言ってもらえて、俺もラッキーだった。それに、バイト先近くのオープンセールはまだ続くから、もし樹季たちが〝こっちのドーナツも食べたかったな～〟ってことになっても、次のバイトのときに買ってこられるし。チキンなら夕飯のおかずに足せるだろう」

「確かに。父さんも支度《したく》が助かるし、ありがとう。双葉」

「で――、これは？」

そうして、米を研ぎ始めた颯太郎に、今度は双葉が問いかけた。

双葉の視線の先には、リビングソファで爆睡状態の弟たちがいる。

「見たままかな。日中にプールを出していたんだけど。充功がはしゃぎすぎて、そこへ樹

「何だかんだ言っても、可愛い弟の包帯が取れたからね」

「あー。なるほどね。士郎からしたら、やっと完治したのに！　って、肩で息してる姿が目に浮かぶね。結果がこれだし」

八割方は想像通りだったが、首謀者《しゅぼうしゃ》が充功と知って、双葉も吹き出しそうになる。

そう、あれから士郎は智也がいた手前、開き直るしかなかった。

ただ、恥を忍んで水遊びを始めるも、これに大はしゃぎしたのは充功だ。

そもそも自宅用のプールを士郎が利用したのは二年前くらいが最後で、それも樹季や武蔵を遊ばせながら、エリザベスや蘭と共に見張っているためだった。

しかし、そんな士郎が四年生にもなって同級生と水遊びだ。

この絵面《えづら》だけでも相当可笑《おか》しかったらしく、自分や沢田、佐竹までもが頭から濡れる羽目になるほど、水遊びに興じたのだ。

そこへ騒ぎを聞いて目を覚ました樹季、武蔵、七生が参戦。

こうしたときに、子供の数だけ水鉄砲があるのは、士郎からすれば困りものだ。

一人一つが行き渡った水鉄砲はフル活用されて、いっそう遊びが激化した。

気がつけば七生の紙オムツはたっぷたぷ。

一緒になって遊んでもらって大喜びだったエリザベスをも、お風呂へ入れて――という、大仕事で幕を閉じることになったのが、つい先ほどだったのだ。

「それじゃあ、こうなっても不思議ないか。で、今夜、寧兄さんは――ん!?」

日中の詳細まで颯太郎から聞いた双葉が、長男の帰宅時間を確認しようとしたときだった。

「――寧!?」

「うん。確かに今の声はそうだと思う」

何を言ったのかまではわからなかったが、誰のものなのかすぐわかる声に二人は顔を見合わせた。

頷くと同時に玄関へ向かう。日頃から穏やかな性格で、よほどのことがなければ大きな声など出さない寧だけに、いったい何事かとなったからだ。

すると、

「少し落ち着いてください、柚希《ゆずき》ちゃんママ！　柚希ちゃんパパも！」

「うわぁぁぁぁん！」

「柚希ちゃんが怖がってるでしょ!!　喧嘩するのは構いませんけど、せめて子供に見せない、聞かせないところでやりましょうよ！」

向かいの家の玄関先では、寧が自分の荷物を置いて、武蔵と同じ幼稚園に通う年長女児・柚希を抱いて叫んでいた。

　どうやら帰宅してきたところで、向かい家の夫婦喧嘩に巻き込まれたのか、もしくは飛び出してきた柚希が助けでも求めたのか——。

　いずれにしても玄関の中からは、ガチャーン！　と、食器か何かが割れる音がしていた。

　この時点で、ただの口喧嘩レベルではないことがわかる。

　しかも、さすがに寧の叫び声を聞いて目が覚めたのか、士郎がむくっと顔を上げると、抱き付いていた双葉から飛び降りた。

　そして、そのまま向かいの家へ走って行き、

「——だから、寧兄さんがいい加減にしろって言ってるでしょう！　あなたたちは、可愛い我が子に、一生残るトラウマを与えたいんですかっ！」

「「っ!!」」

　玄関へ飛び込むなり、寝起きとは思えない口調で叫んだ。

　それも、寝落ちしながらも外すことのなかった眼鏡のブリッジをクイと指で押し上げて——だ。

　これには喧嘩の真っ最中だった夫婦どころか、寧に抱かれて泣いていた柚希までピタリと黙った。

　特に面と向かって眼鏡クイをやられた夫婦は、士郎のこの癖が〝戦闘開始〟の合図だと

わかっているだけに、憤慨から赤くしていた顔を、一瞬にして青く変えた。

端《はた》から見ている分には、「イケイケ、士郎くん」「とことん、やっちゃえ！」と応援するが、いざ攻撃目標が自分に向けられたとなったら、黙るしかない。

神童・士郎相手では、どんな言い訳もきかないのは、付き合いが濃いだけにわかっていたからだ。

「ご、ごめんなさい」

「申し訳ない――」

柚希の母親が条件反射のように謝罪を口にすると、続けて父親が謝罪した。

「それは僕にではなく、柚希ちゃんにお願いします。もちろん、喧嘩の原因が柚希ちゃんだったと言うなら、また別の話ですが」

しかし、何事にも原因と結果があることは充分承知している士郎は、家族内のトラブルだけに、一概に喧嘩をした当事者だけを責めるような発言はしなかった。

――が、これがかえって寧に抱かれたままの柚希をビクリッとさせた。

「ゆっ、柚希もごめんなさいっ！　許して、士郎く～んっ」

どうやら夫婦喧嘩の原因になった自覚があったのか、柚希は寧の腕から飛び降りると、士郎の腕にしがみついて謝ってきた。

「……」

これにはさすがに寧や双葉、颯太郎も苦笑い。

また、この場の誰一人として口にはしなかったが、おそらく柚希にとって今後のトラウマになるのは、両親の喧嘩よりも神童士郎の冷ややかな口調だろう。

ここは士郎も自覚したのか、その後は必死で柚希に謝罪し、宥《なだ》めに回った。

そして、この謝罪に颯太郎や寧、双葉までもが加わったことから、更に柚希両親が大慌て。

何がどうしてこんなことになったのかを説明されると同時に、謝罪合戦。

また、切れた勢いで玄関を飾っていた花瓶をたたき割ってしまった柚希ママからは、話の流れから、愚痴交じりの相談を受けることになった。


士郎たちが希望ヶ丘へ越してきて早五年。ちょっとした喧嘩なら、どこの家庭でもあるだろうし、柚希の家でもそれは同じことだった。

母親同士の仲が良かったこともあり、些細な愚痴なら蘭もよく聞き役に徹していた。

しかし、今回ここまで大きな喧嘩になってしまった原因は、これまでの痴話喧嘩の延長のようなものとは、かなり違った。

泣きじゃくりながら謝っていた柚希は、

「柚希がパパに嘘つきって言ったから……。お仕事で忙しいのに、遊んでくれないっ。お祭りの太鼓《たいこ》も……教えてくれないっ。約束破った……って、いっぱい言ったから」

――と、自分のわがままが喧嘩の発端だと思い込んでいたが、それなら柚希ママが自ら買って花を生けていたような花瓶をたたき割ったりはしないだろう。

大元の原因は、「仕事だから」と言っては柚希と遊ぶ約束を破って出かけてしまう夫と、その「仕事」そのものにあった。

今夜もこれから出かけようとしたので、それで柚希の母親がぶち切れたのだ。

「私だって、あなたと地元友人たちとの結束が強いことが、悪いとは言ってないわよ。けど、いくらそこそこ伝統のある町内祭の実行委員補佐だか、青年団の役割があるからって、この時期になるとそればっかり。しかも、ここのところは、毎日集会。会社から帰ってきたかと思えば、出かけていって、夜中に帰宅。夏休みだっていうのに、ちっとも構ってもらえない柚希や、生活リズムを壊される私のことも、少しは考えてよ」

「だから、それだって祭りが終わるまでのことだろう。今週末までじゃないか」

柚希の家は兎田家の向かい、新町にはあるが、父親の実家が旧町にあった。

どちらも独身時代は都心に勤めていたが、父親がこちらに転勤になったことをきっかけに結婚して、今の家に越してきた。

父親の実家のほうは、義母が姑との関係で気を遣ったから――ということで、嫁との同居は最初から望んでいなかったが、程よい距離に越してきてくれたことには、とても感謝していた。

しかも、いずれは夫婦揃って、大好きな海の見える施設に入ってのんびり過ごしたいから介護もいらない代わりに、財産は残せないわ――というような、しっかりした老後設計も立てている。

柚希の母親からすれば理想的な義両親だ。

夫婦仲、親子仲さえしっかり守っていけば、柚希の母親が不平不満を漏らすことは、まずないはずだった。

だが、ここへ来て、夫自身の行動が元で爆発してしまった。

（あ……。柚希ちゃんパパ、まったく悪気がない……）

士郎は、この時点で頭を抱えそうになった。

また、具体的な理由が出てきたところで、寧は颯太郎や双葉と目配せをすると、柚希の手を引き「先に夕飯を食べてきますね」と、自宅へ戻っていった。

一瞬士郎にも目を合わせ、この場に残るか去るかを聞いてきたが、士郎は残ることを選択した。

なぜなら、ここで問題になっている青年団にいる夫と、その妻の話は、日中目《ま》の当たりにしてきたばかりだ。

それこそベーカリー岡田で起こっていたこと、そして妻たちが憤慨していたことが、そのまま柚希の家でも起こっていたからだ。

（この分だと、父親が青年団に入っている家庭の子供たちは、柚希ちゃんと似たようなばっちりを受けているかもしれないな）

青年団員の父親たち、そしてその子供たちをざっと思い出しても、見知った顔ばかりが浮かぶ。

そもそも七人兄弟は伊達《だて》ではない。

兄弟の誰かが同級生や顔見知りという家庭がほとんどだった。

（ああ……。そう言えば、先週の塾に来ていた子たちの中にもお父さんが……って子が、結構いる）

こうした心配もあり、士郎はこの場に残ることにした。

ここでの夫婦喧嘩は、氷山の一角としか思えなかったからだ。

「そしたら俺、寧兄を手伝って、みんなに夕飯食べさせるね」

「――うん。ごめんね。頼むよ」

すると、そうした経緯はわからないものの、双葉も寧と柚希のあとを追った。

おそらく充功たちはまだ寝ているだろうが、いつ起きるかわからない。

また、時間が時間だから、起きれば「お腹、空いた」となるだけに、ここは颯太郎の負担を減らす意味も込めて、寧の手伝いに回ったのだ。

そうして、応接セットが置かれたリビングには、柚希の両親と向き合うようにして座った颯太郎と士郎が残る。

「だったらせめて、私に余計な手間をかけさせないでよ。ちゃんと柚希との約束も守ってよ。あなたがどういうつもりで毎晩出かけて、飲んで帰ってくるのかはわからないけど、端から見たら祭りにかこつけて遊んでいるようにしか見えないのよ。これが本当に、収入に繋がるなり、自分の趣味時間としての消費だけで済んでいることなら、ここまでグチグチ言わないわ。でも、飲み代は家計に響くし、こっちの生活は狂うしで、これを仕事って言われても納得できるはずがないでしょう」

話は柚希の母親から父親への不満で続いていた。

「そんなの、お前が納得しようが、しまいが、これで町内行事が円滑に進んでいるのは事実なんだよ。お前だって、いやむしろお前のほうが、近所や町内が円満なほうが嬉しいし、助かるんじゃないのかよ。よく、町内行事で旦那が何もしてくれないって愚痴る奥さんが気の毒だって話を、お前だってしてるだろう」

しかし、ここで母親の不満を父親が真摯に受け止め、解消するよう努力するなら、第三者に立ち合いを求めることはない。

父親のほうは父親のほうで「何もしないよりはいいだろう」「むしろ、有り難いだろう」

くらいの勢いで返してくる。

すると、柚希の母親がバン！　と音を立てて、リビングテーブルに手を突いた。

これには颯太郎も士郎も肩を震わせる。

「それなら地元友人、それも同期会の青年団とかって、せっまい世界の中だけ円滑にしないで、新旧の町民全員が円滑になるような集《つど》いや活動をしてみなさいよ！　町内町内って言うけど、あなたたち、いったいどれだけ隣近所の顔と名前がわかるのよ！」

「なっ！」

「だいたい、子供の通う園や学校の先生、生徒とその保護者の顔と名前が何人一致するの？　こっちは、知り合いがたったの一人もいないところへ嫁に来て、ゼロから努力して増やしてきてるのよ。それに、言いたくないけど、あなたが紹介してくれるような地元友人の奥さんだか、昔のクラスメイト女子だかなんて、気を遣うだけでまったく仲良くなんてできなかったわよ！　地元だってだけで、上から目線なんだから！」

父親が何か言い出そうものなら、その気配だけで百倍になって返ってくる。

こうなると、柚希の母親は無双だ。伊達に気丈な蘭と親友レベルのママ友ではない。

いちいち自分の母親を引き合いに出すのもなんだとは思うが、士郎からするとこれが一番判断しやすい。

そしてここは颯太郎も同じなのか、横に士郎がいるというのに、俯いてこっそり溜め息をついている。

「それこそ家事と育児と人間関係でノイローゼになりかけていた私を救ってくれたのは、お向かいに引っ越してきた蘭ママであって、あなたじゃなかった。ってか、あなたたちがどんなに祭りだなんだで盛り上がったところで、喜んで円滑になるのは一部だけ！　七生くんのふへへでお尻フリフリのほうが、よっぽど老若男女、新旧町民の隔《へだ》てなく笑顔にできるし、円滑になるってものでしょう！」

「なんだと――っ!!」

「本当のことを言われて怒るくらいなら、ここで兎田さんを引き合いに出さなかっただけ、私がまだあなたに気を遣ってるって気づきなさいよ！」

　そして士郎が、ひとまず柚希の母親を落ち着かせなければと考えたところで、他家の夫婦喧嘩に七生どころか颯太郎が巻き込まれてしまった。

（いや、結局父さんの名前を出したら一緒だって！）

　しかも、ここで颯太郎まで引き合いに出されるのは、柚希の両親にとっても、兎田家にとっても、いいことではない。

　日中の沢田の言葉ではないが、そもそも颯太郎を世の父親、夫と比べてはいけないのだ。

　持って生まれた容姿にゆるふわっとした性格もあるが、それ以上に颯太郎は仕事柄もあって常に周りを見て、観察もしている。

また、相手が嫌がる言動はとらないようにと、想像力も働かせているし、だからこそ言葉も選ぶ。

何より個々の地雷を見極めることに長《た》けているので、縁切り覚悟でもないかぎり、致命傷になることは絶対に口にしない。

これを打算無しに日常的にこなしているのは、彼にとっては〝普通のこと〟だからだ。

そこへ、銀座でナンバーワンホステスをしていたような姉さん女房の蘭から、日常的に接待、接客の話やノウハウを聞いており、自然に吸収。それを仕事関係のみならず、ご近所や保護者同士の付き合いにもフルに活かしてきた。

それこそ柚希の母親の言葉を借りるなら、一円にもならないサービス精神と行動を常に発揮し、キラキラ大家族の家長と呼ばれるようになっている。

実子の士郎から見ても、尊敬するしかない父親であり、人間だ。

だが、こうした彼の人間性を家族や身内が喜び、褒めたり多少の自慢をする分には「ありがとう」「褒めてもらえるのは嬉しいよ」しか言わない颯太郎だが、勝手に第三者と比較されるようなことがあれば、それが誰であっても雷を落とす。

自分の個性は誰かを下げるために、また利用されるために、あるものではない。

それは自分以外の誰にでも言えることで――。

そもそも世の中にはまったく同じ人間などいないところで、誰かと誰かを比べること自体がナンセンスだ――というのが、彼の信念だからだ。

「えっと！　柚希ちゃんママ。僕が言うのもなんですけど、このさいだから〝地元同期の結束が良すぎるのも、行きすぎれば問題だ。悪いよ！〟って、言い切ってもいいんじゃないですか？」

なので、ここは颯太郎が何かを言い出す前に、士郎が先手を打った。

実際、柚希の母親が颯太郎の名を出したのは〝町内円満〟の具体例であって、夫下《さ》げをするためではない。

それだって、先に七生のお尻フリフリを上げているので、こうした妻の気遣いにいい加減に気がつけ――という、一撃砲《いちげきほう》として名を出しただけだ。

ここは颯太郎なら理解しているだろうから、怒ることはないだろう。

しかし、柚希の父親からしたら、これをどう受け取るかわからない。

普段から父親同士でも仲良くはしているが、同年代の同性だ。万が一にも、プライドが傷ついたどうこうで、颯太郎が逆恨《さかうら》みでもされたら目も当てられないからだ。

とはいえ、これには柚希の母親も驚いていた。

「士郎くん」

「――あのね」

当然、父親のほうもだ。視線が一気に士郎へ向けられる。

　だが、士郎からすれば、これで彼の目や意識が颯太郎から逸《そ》れたのでよしよしだ。

　こうした士郎の思惑や彼への意識誘導がわかるのか、颯太郎自身は苦笑いしそうなのをグッと堪えていたが――。

「あ、すみません。けど、これはあくまでも〝行きすぎれば問題〟ってことなので。そうでないなら、柚希ちゃんパパもそれをママに証明したらいいんじゃないですか？」

「証明？」

「はい。お祭り準備の集まりって、今夜もあるんですよね？　これから行く予定だったんですものね？　そしたら、今から行きましょうよ。どれだけ大変なのかがわかれば、頻繁に集まるのも理解してもらえますすよ。ただ、柚希ちゃんママだけの判断だと、これまでの鬱憤《うっぷん》や私情が入るかもしれないので、僕や父さんもご一緒しますから。ね、お父さん」

　それでもいきなり同意を求められると、颯太郎も「え⁉」と両目を見開いた。

「は⁉　え？　え⁉」

　柚希の父親など、どうしてそんな話になるのか理解が追いつかないのか、本気で戸惑っているし、焦っていた。

　しかし、それはそうだろうという話だ。

　ここまでの話の流れだけでも、青年団の集まりが、半分以上は〝ただの飲み会〟になっていることは明白だ。

士郎だって、それくらいのことなら、充分理解しているだろう。が、ここが十歳児を自覚する士郎の策士《さくし》なところだ。

樹季張りの「いいこと思いついた！」という眼差しで颯太郎に同意を求めると、颯太郎も一《いち》大人として、ここは純粋な子供からの提案に同意せざるをえない風を装った。

「あ、うん。そうだね」

「え!?　兎田さん！」

――そこは同じ父親同士、いや男同士として、庇《かば》ってくれるんじゃ!?

今にも柚希の父親の悲鳴にも似た訴えが聞こえてきそうだが、そこは「すみません！」と、これまたわざとらしい目配せを返していた。

「いや、青年団の方たちが、いつも陰日向《かげひなた》なく、町内のために動いてくださっているのは、私も承知していますから。そうしたら、今後のためにも、きちんと奥様に理解してもらうほうがいいんじゃないかな――って。そういうことだよね？　士郎」

「うん！」

颯太郎は、士郎の父親として提案を受け入れる傍ら、それでも極力柚希の父親や青年団の父親たちのフォローはしますから――という立ち位置で、同伴することを示した。

「――兎田さん」

当然、妻や士郎を同伴させること自体、全力で遠慮したい柚希の父親からすれば、今にも泣きそうだ。

「そうね！　そうよね。そうしましょう。やだ、私ったら、そこまで考えが回らなかったわ。さすがは士郎くんね。じゃあ、さっそく行きましょうか！」

しかし、こうなったら柚希の母親はノリノリだった。

スッと席を立つと、かけていたエプロンを外して、スマートフォンを手に持った。

＊＊＊

士郎たちは寧たちに声をかけると、柚希の母親が運転する車で家を出た。

青年団が「祭りの打ち合わせ」と称してよく集まっているのは、旧町にある町内会館の八畳間。会館内には、折りたたみの長テーブルを並べても、六十人前後は楽に着席できるミーティングルームに資料保管室、コピー機などが置かれた事務室、キッチン、トイレなどが備わっている。

曜日や時間帯によっては、有志団体での稽古事《けいこごと》や役員会議、また子供の遊戯会《ゆうぎかい》に使われたりしており、ミーティングルームのほうは、常に人の出入りも多い。

もともと和室は老人会や麻雀部といったような、限られたグループでの使用しかなかったこともあり、青年団が意欲的に活動する今のような時期は、昼夜問わず彼らによって使われていることが多かった。

士郎からすれば、岡田や増尾は日中から集まっていたが、いくら飲み会がてらとはいえ、深夜まで続くか？

もしかしたら、各自仕事の都合で、入れ替わり立ち替わりになっているのかもしれない？

――などと考えていたが。

いざ行ってみたら、飲み会どころか麻雀《マージャン》大会がドッキングしていた。

当然、この場に青年団員が全員揃っているわけではないが、二台の麻雀卓を出して囲んでいた者が八名。

そして、柚希の父親のようなサラリーマン団員待ちをしながら飲んでいた者が三名と、かなり立派な宴会かつ遊技場状態になっていたのだ。

（うわ～っ。想像を超えてきた！　さすがに会館は禁煙だから、煙草を吸う人はいないけど。でも、だから缶酎ハイ片手に〝ポン！〟とかってことになっちゃうんだろうな～。もう、これって大人の遊戯大会だよ。それこそ子供たちに見られたら、一生ゲームは一日一時間までなんて言えないだろうな～。だって、うちにある子供用の麻雀ゲームでも、東南《トンナン》戦の半周で平均四、五十分くらいだし。そもそも一ゲームでは終われないタイプの遊びだから、徹夜麻雀なんて言葉があるんだろうし）

士郎は和室で固まった父親たちを見た瞬間、真っ先に柚希の父親のフォローをどうしようかを考えた。

自分たちが、特に柚希の母親が睨《にら》みを利かせていたので、父親は仲間たちに「ガサ入れだ」「今すぐ逃げろ」「解散しろ」といったメールや電話もできないまま、ここへ来た。

しかも、夫にはスマートフォンに指一本触れさせなかった柚希の母親のほうは、家を出る前には、ママ友たちに「これから突撃」の一斉メールでもしていたのだろう。

「ふざけるんじゃないわよっ!!」

「いったい何を考えているのよ、あんたたち！」

「しかも、お父さんまで。婦人会での私の立場を潰すつもりなんですかっ！」

この場には岡田と増尾を筆頭に、他数名。

中には姑までそろって駆け付けている家庭もあった。

妻たちの奇襲を受けた側からしたら、たまったものではないだろう。

原因を作ってしまった柚希の父親は、彼らからしたら「何してくれてんだ！」となるだろうし、「裏切り者！」と恨みも買いかねない。

今後、肩身の狭いことになってしまう。

士郎は颯太郎の腕を掴んで、いったん和室から離れた。

「――うっかりしてた。どうしよう。僕、ママ友ネットの存在を考えていなかった」

「うん。メール一本でこの場にいる旦那さんたちの奥さんたちを全員集合させるって、柚希ちゃんママもすごいね。そういえば、以前も充功かなってくらいの拡散力で、変な噂の訂正とかしてくれていたから……、こうなっても不思議はないんだろうけど」

やはり、颯太郎もここまで見事な宴会、遊戯会は考えていなかったのだろう。

一応は、柚希の父親たちをフォローするつもりで同行してきたが、その余地がないと踏んでか、顔を引きつらせている。

「うん。それだけみんな不満を持っていたんだろうとは思うけどね。でも、この大宴会にしか見えない状況が毎晩とか、昼間からってなったら、そりゃ我慢の限界もくるよね。だって、きっとこれって、今に始まったことじゃないんだろうし……」

地元の青年団がいつからあるのか、そこまで詳しくは聞いたことがない。

となれば、転居してきて五年足らずの士郎たちには、わかりようもないことだった。

しかし、今は四十代前後の男性が中心となって動いているが、その父親や祖父の代から団員で――という家庭もあるので、旧町町内会と同時かそれ以前からあっても不思議がない。

しかし、二人で頭を抱えていると、和室のほうから声が聞こえてきた。

夫たちが反論を始めたのだ。

「いや！　これでも祭りの打ち合わせっていうか、話し合いは本当にしてるから！」

「そうだ。俺たちにだって、こうでもしてなきゃ、やっていられないような問題があとからあとから沸いてくるんだ。お前たちが思っている以上に、ストレス過多《かた》で大変なんだよ。祭りの裏仕事も」

言い訳というよりは、開き直っているとしか思えないのは、聞き間違えではないだろう。仲間がいるので気が大きくなっているのもあるだろうが、夫たちの先陣《せんじん》を切って発言したのは、士郎の同級生・水嶋三奈《みずしまみな》の父親と和菓子屋の店主・増尾だった。

「だいたい、今に始まったことじゃないんだし、俺たちはこれでバランスを取って働いているんだから、少しぐらい大目に見ろよ。そうやっていちいち目くじら立てて、せっかく今日まで円満に続いている俺たちの結束にヒビを入れたいのか。お前も夫に協力することで、少しは貢献《こうけん》しろよ。いつまでも、よそ者の気分でいるな」

そして二人に続いたベーカリー岡田の店主は、一言も二言も多い。

士郎の横で颯太郎が額に手を当て、俯いたほどだ。

しかも、案の定柚希の父親は他の団員たちに睨まれて、居心地の悪いことになっており、母親もこれには無言だ。

士郎は、これはどうしたものか——と考えた。

（うーん。まずは一言謝罪してから、この状況を作り出したストレス原因、問題の内容そのものをきちんと説明しないと、ただ逆ギレしているようにしか聞こえないんだけど）

すると、岡田の妻が一際大きな溜め息をついた。

そして、自分の夫をキッと睨むと、

「いい加減にしてよ。結束、結束って。人に迷惑をかけなきゃ成立しないような結束って、なんなのよ。しかも、どこの誰がよそ者気分でいるのよ。だったら始めから地元出身の嫁をもらえばいいでしょう。そうでなくても、毎日毎日、家事に育児に店のことをして、私はあんたの両親の世話だってしてるのに」

完全に地雷を踏み抜かれたのだろう、妻のほうがぶっちぎれた。

それも先ほどのように怒鳴ることもなく、淡々と義両親のことまで持ち出してきたところで、腹立ち加減が窺える。

だが、それは岡田の妻だけではない。

増尾の妻も両腕を胸の前で組むと、

「そうよ。だいたいあんたは青年団にかかりきりで覚えてないみたいだけど、今年はうちが街区の班長よ。その上、まだしばらくは子供会だってあるのよ！　これらの仕事は全部私に丸投げしてるって理解してる!?　それこそ家事に育児に店に自治会仕事よ。スマホでゲームする暇もないのに、あんたは青年団としての役割は一応してるかもしれないけど、それを理由に仕事は普段の半分以下じゃない！　その上、家事も育児も班長仕事もなくて、従来の仕事を減らした分で飲みながら麻雀ってなんなのよ！」

こちらはドスの利いた声で、すでに疲労もストレスもマックスであることを突きつけた。

岡田も増尾も家業を継いでいるだけに、パン職人に和菓子職人だ。

また、旧町には昔ながらの小さな商店街もあるが、大体どこの家でも主人が夜明け前から起きて仕込みをするなどして、店頭販売は妻が主になしているが、通常ならこの仕事だってある程度は一緒にやっている。

実際士郎が樹季たちを連れてパンや菓子を買いに行けば、店主と妻が揃って笑顔で迎えてくれることだって、よくある。

何より、夫が早くに起きて作業をしている間も、妻たちは寝ているわけではない。

それこそ過去にしていた母親同士の立ち話を聞いていた限りでは、早朝から夫と一緒に起きても、寝るのは一番最後というのが共通だ。

だからこそ、疲労と苦労話で盛り上がり、嫁同士の結束も堅いのだが——。

どうにもそこを見落としているとしか思えない。

士郎はジッと話こそ聞いていたが、どんどん眉間に皺が寄っていく。

「なんなのよ——って。少なくとも子供の面倒は見てるだろう！　家事は確かに丸投げだが、その分作業場の清掃管理は全部やってるじゃないか」

「当たり前のことで威張らないでよ！　そもそも菓子屋が職場の衛生管理をするのは当然の仕事だし、子供と遊ぶのは育児じゃない！　面倒見るっていうのは、自分の気紛れで一緒にゲームをしたり、キャッチボールしたりすることじゃないのよ。朝起こすところから、夜に寝かせるまで、子供の生活そのものをサポートすることなの。衣食住の保証をした上で、健康や学校、友人関係、勉強や部活の状態を逐一気にして、補助することなの！　大人になったときに困らないように躾《しつ》けることなの！　そこ、本当にわかってる!?」

こうなると増尾のところは、夫婦喧嘩に突入だ。

増尾の妻がここぞとばかりに不満を爆発させるが、これには岡田や柚希の母親たちも賛同し、頷くばかり。

一方旦那たちは、増尾に「負けるな」と言わんばかりに、視線を送っている。

だが、不慮《ふりょ》の事故で妻を亡くし、シングルファーザーとしてすべてをこなさなければならなくなった颯太郎からしたら、「なんでも夫婦で分かち合えるだけ幸せなことじゃないか」と言いたくなるだろうが、ここは口を噤《つぐ》んでいる。

代わりに寧が母親代わりに、また双葉たちも一丸となってお手伝いを頑張っているので、それを無にするようなことは、こうした場であっても口にすることはないからだ。

ただ、当然のことだが、妻と母親は違う。

自他ともに認める妻を溺愛する愛妻家だった颯太郎にとって、蘭はどんなに子供たちが頑張っても、埋めることのできない唯一無二の特別な存在だ。

それがわかるだけに、士郎も黙ってはいるが、こっそり漏れたため息は、止めようがない。

　こうしている間も、増尾夫婦の口論は続く。

「わ、わかってるも何も、それがお前の仕事だろう。お互いに役割分担を決めて、やってきたことじゃないのかよっ。なんなんだよ、それをいきなり！」

「は〜っ⁉　いつ誰がこの分担を話し合って、合意したのよ！　全部成り行きでしょう。仮に、これでもまあ仕方がないかって妥協するにしたって、それはあんたがせめて従来の仕事をしっかりこなしていることが、最低ラインでしょう。それが青年団だ祭りだって言って、きちんとできていないから怒ってるのよ。ましてや、それをよそ者気分って――。地元生まれがそんなに偉いわけ！」

「よっ、よそ者は俺が言ったんじゃないだろう」

「関係ない！　こういうのを連帯責任って言うの！」

　そして、このやりとりの中でも、先ほど放った岡田の一言が、この場にいる嫁集団には、相当な地雷だったことがわかる。

　ここで再び岡田の妻が一歩前へ出た。

「そうそう。これこそが連帯責任よ。誰が飲みながらやろうとか、麻雀しながらやろうって言い出したとかもいっさい関係ないからね。あと、こうなってるのも柚希ちゃんパパのせいじゃないいんだから、それこそ子供同士の逆恨みやいじめみたいな根性だけは、発揮しないでよ。あんたたちは、もういい大人なんだから、間違っても私たちをいじめっ子の保護者にして、辱《はずかし》めるような真似だけはしないでよ」

「っ……っ」

「まあ、その辺りは、ここに士郎くんまで一緒にいるってところで、いちいち言わなくてもわかるでしょうけどね」

ふんっ！　と鼻息を荒くしつつも、岡田の妻は士郎が一番危惧していたことを、また日頃からもっとも子供たちの中にいて努力していることを察して、釘を刺してくれた。

これだけでも士郎や颯太郎は、また柚希の両親は、胸をそっと撫で下ろす。

特に柚希の母親は、自分が妻たちを呼んだことで、想像以上に夫の立場が悪くなったことを後悔していたのか、その表情に細やかながら安堵も見える。

「士郎くんはね。私がここのところの旦那の素行《そこう》の悪さにぶっちぎれて、大声出して、柚希を怖がらせて泣かせるまでの喧嘩をふっかけたから、兎田さん共々心配して止めに入ってくれたの」

また、彼女も一呼吸すると、そもそもここへ来るにいたった経緯を、他の夫たちにも説明し始めた。

「私が怒った理由を説明しても、彼は〝でもきっと、あなたたちは本当に大変な仕事をしてるんだろうから〟って信じて。それで、まずは見に行こうって提案してくれたのよ。だから、兎田さん共々ついてきてくれて。それなのに、いざ来てみたらこの状況よ。もし自分が士郎くんだったら、どれだけ大人に失望するか想像ぐらいできるでしょう」

「さすがにその言い方は、卑怯《ひきょう》だろう」

「――は？　何がどう卑怯なのよ。だったら今この場で、自分たちの弁明で、士郎くんの失望を挽回、信頼を回復させてみなさいよ」

途中で増尾が反論するも、ここはすかさず自身の妻から反撃を食らう。

すると、当の増尾が今度は士郎たちのほうを向いてきた。

「だから！　子供にはわからないような大人の事情や理由があるんだよ。士郎くんならわかるだろう？　ねぇ、兎田さんも！」

ここでなんとか味方や理解者を増やしたかったのだろう。

士郎はさておき、颯太郎への声かけには力が入りまくりだ。

だが、ここでとうとう士郎の利き手が眼鏡のフレーム、こめかみのあたりへ向かった。

その瞬間、颯太郎以外の全員が一瞬身構えた。

場の空気が変わる。

「えっと――。すみません。子供にはわからない事情で、けど、僕にならわかるだろうっていうのが、まず矛盾してますよね？」

ただ、周囲が身構えた割に、士郎の物言いは、かなりやんわりとしたものだった。

「……あ」

「確かに僕は屁理屈も捏《こ》ねるし、重箱の隅を突つくようなことも言うので、良くも悪くも扱いにくい年齢だけが子供みたいな認識をされていると思うんですけど……。それでも、エスパーではないので、事情や理由も聞かないまま理解できるはないんですよ。わかることがある代わりに、わからないこともたくさんあるんです。なので、まずはそこを理解してください」

理不尽なことを言っていると、徹底的に叩き潰すぞ――という反撃開始ではない。

どちらかと言えば、騒がしい教室内を諌める、学級委員長のような口調だ。

この時点では、まだ夫側の説明不足を解消することが最優先だと判断したのだろう。

淡々と話をする士郎に、そして増尾に全員の視線が集中する。

「で――。この事実を踏まえた上で、僕はこの場での一番の問題は、こうなっている大元の事情や理由がきちんと説明されないまま、この状況が当然だって主張していることにあると思うんです。まずは話してもらえませんか？　そうしたら、僕も〝理由だけはわかりました〟ぐらいは言えますし」

「え!?　なんの話？」

「ですから、飲んだり遊んだりしながらじゃなきゃ解消できないようなストレスを受けながら、青年団としての務めを果たしてるんですよね？　なので、まずはそのストレスの根源を誤魔化しながら宴会遊戯に走らないで、みんなでどうしたらいいか考えませんか？　これで奥さんたちにもいい解決方法が思いつかなくて――ってことなら、そりゃ飲みながらでもなきゃやっていられないわよね～って、理解が得られると思うんです。僕もそうだったのか！　それは大変だ!!　って、おじさんたちを応援する気持ちになると思うんですよ。ねぇ、お父さん」

そうして、士郎は自分の考えを明かした上で、颯太郎にも同意を求めた。

夫たちがここまでやらかしている状況で、同情や応援ができるレベルの事情となったら、そもそも町内がひっくり返るような大事件か、もしくは、塵《ちり》も積もれば山になってしまったような細かなトラブルの蓄積《ちくせき》だろうが――。

それでも、何も説明されないよりは、マシだろう。

士郎や颯太郎にも、多少はフォローに入れる部分ができるかもしれないと思ってのことだ。

「そうだね。――というか、その事情や理由そのものが、実は我々にも話しづらいような内容だという場合は、また状況が変わってくると思うけど。そこは、どうなんですか？　私も、それ相応の理由がなければ、ここまでの盛り上がりにはなっていないだろうとは、思うのですが」

士郎の意図を酌んでか、颯太郎も事情さえわかれば、夫たちをフォローすることを含めて、増尾たちに問いかける。

「それは……」

「実際、話しづらいことですよ！　だから俺たちの中だけで消化して、済ませようってなってます。これを言うと意固地《いこじ》だと思われるかもしれませんが、やっぱり青年団内で解決したいこともありますし。地元仲間の恥をさらしたり、そもそも話を大きくしたりしたくないのもあるんです」

しかし、どうしたものかと戸惑う増尾を押し退け、岡田がきっぱり説明できない、したくないことを颯太郎に主張した。

岡田自体はこれが答えで説明だ——と言わんばかりだったが、士郎自身はここまで来ても地元仲間でと強調してくる彼には、残念な気持ちになった。

おそらくこれを一緒に聞かされた妻たちも同じだろう。

特に岡田の妻は、視線を反らせると足元へ落とした。

「えっと……。ってことは、事情や理由は話せないけど、お祭りが終わるまではこの状況が続くことを理解してくれ。快く納得してくれってことですか？」

士郎は内心で（参った）と思いつつも、改めて確認をとった。

「そ、そうだな」

「代わりに祭りはかならず円満に成功をさせるからさ！」

これに岡田や増尾が答える。

他の夫たちもそれは同じで、相づちを打ちながら、賛同していく。

ただ、そんな中でも戸惑いを見せていたのは、柚希と水嶋の父親だった。

柚希の父親は兎田家と向かいで、水嶋は娘が士郎と同級生だからだろうか？

しかし、ここは連帯責任だ。今回ばかりは士郎も全員をひとくくりにして、こうなったら――とばかりに、攻撃を開始した。

「うーん。そうですか。そうしたら、柚希ちゃんママたち。いっそお祭り当日まで、子連れで実家に帰省してくるってどうですか？　久しぶりに地元のお友達と会ってお話ししたり、飲んで騒いでみたりしたら、今のご主人たちの気持ちがどんなものか、少しくらいは理解できるかもしれないですよ」

「え？」

「帰省!?」

「子供と？」

「――なっ！　何を言い出すんだ、士郎くん！　そんなことをされたら、うちのことはどうするんだ！」

「そうだ。店だってあるんだぞ！」

突然の提案に驚いた妻たちは顔を見合わせ、増尾や岡田は声を荒らげた。

「え？　だって事情も理由もわからないのに、地元同期の結束を理解しろ、目を瞑《つむ》れって言われても難しすぎませんか？　そもそも黙って許しているのに限界がきたから、こういうことになってるんですよね？　けど、もしかしたら奥さんたちだって、久しぶりに地元の同期さんたちと会ってきたら、感覚的に友情を思い出すというか。旦那さんたちがこうまでして守ろうとしているものが、理屈抜きにわかるかもしれないじゃないですか」

だが、彼らに対する士郎の口調は先ほどにも増して明るかった。

それこそ柚希の家で「行ってみましょう」と言い出したときより、語尾も軽やかなくらいだ。

「それに、そもそもここにいる旦那さんたちの分担は、仕事と青年団なんですよね？　奥さんたちは家事と育児が主な仕事で、でも子供は一緒に連れていってもらうんだから、育児はないし。家事や店なら実家住まいか、実家が近いんですから、ご両親にフォローをお願いできる。そもそも一人暮らしの経験があるなら、結婚するまでは自分でやってきているんだから、四日やそこらは困らないでしょう」

「そんなことは屁理屈《へりくつ》だ！」

「無茶言わないでくれ。うちは商売もあるんだ」

「四日やそこらって――。そういう話じゃないだろう」

しかし、あまりに軽く言い放ったためか、士郎は他の夫たちからも猛反撃を食らった。

するとここで再び士郎の利き手が眼鏡に向かう。

「でしたら、まずは認めましょうよ。旦那さんたちは、奥さんがいるから、こうやって家のことは気にせずに集まっていられるんでしょう。たとえ四日でも、家を空けられたら困るし、場合によっては生活が成り立たないくらいの危機感はあるんですよね？」

今度はブリッジを捉えて、ツイと上げる。

それと同時に声色が変わり、士郎は子供ながらにも相当怒っていることを、口調でも目つきでもはっきりと示す。

「けど、奥さんは子供の母親かもしれないですけど、もともとは血の繋がらない赤の他人です。旦那さんたちの母親でもなければ、親族でもないんですよ？　この状況で我慢を強《し》いるって、離婚になったら有責《ゆうせき》理由にもなりますよ」

「物騒《ぶっそう》なことを言わないでくれ！　というか、兎田さん!!」

さすがにここまで言われると腹が立ったのか、岡田が士郎を黙らせろと言わんばかりに、颯太郎を名指しにした。

が、こうなると士郎も声を荒らげる。

「だったらもっと危機感を持ってください。信頼がなかったら成り立たない関係なのに、肝心なことを説明しないまま男同士の友情もあるから黙ってなんちゃらみたいなことを言われても、限界はきますよ。気持ちより先に身体が理解したくなくなるんです」

「——!!」

「気持ちより——身体？」

するると、一瞬言われたことにビクリとして口を噤んだ岡田の代わりに、柚希の父親が士郎に向かって問いかけた。

「はい。大事なことですから二度言いますよ。気持ちの上では〝しょうがないな〟って思っても、普段はしない旦那さん分の仕事まで増えてるから、疲れとストレスで身体のほうが〝もう無理、限界〟ってなってるんですよ。そうでなくたって、夏休みなんて学校がない分育児量が増えるのに、その上自分が産んだ覚えもない大きな長男出没って、どんな罰ゲームってなりませんか？　少なくとも、ここにいるお姑さんたちはわかってますよ。だからお嫁さん側について、ジッと聞き役に徹しているでしょう」

士郎はあえて声を大にし、夫たちがストレスでどうこう言うなら、それは妻にも言えることだと主張した。

本当ならば、両親揃ってこの状態では、すでに子供だって何かしらの影響は受けていておかしくない。

さすがにそこまで言うと話がややこしくなるので今は控えたが、士郎がここで戦っているのは、結局大人に何かが起これば、とばっちりが子供たちにいく。

それは先ほどの柚希の号泣を見ても、これまでのトラブルを思い返しても、わかっているからだ。

「さっきだって、柚希ちゃんのママはもう限界って言って怒ってたのに、地元のどうこうが悪いとは言ってませんでした。やっぱり今日まで続いてきた関係は、旦那さんにとっては大切な宝物だろうから、それを一緒に守っていこうとしているんだと思います。それが旦那さんへの愛情表現だし、ご主人側の地元に住むってことで、むしろ覚悟も承知もしてきたんでしょう」

ただ、これでも相当控えめに話をし、また「気持ちより身体が」と主張したのは、この場を諌めやすくするためであり、また先ほど柚希の母親が発していただろう本心を聞いていたためだ。

何せ、花瓶を割るほど怒っていても、「もう集まるな」やら「いい加減に独身気分は捨てて、仲間より家庭をもっと見て」などといったことは発しなかった。

そこが夫の地雷だとわかっていて堪えたのだろうことを、他人の士郎が代弁していいことだとは思っていないからだ。

しかし、まったくの他人で第三者の客観的な意見としてなら、自己責任で発する。

「でも、僕は今のままだと〝悪い〟としか言えないです。この先奥さんたちが疲労とストレスで倒れたら、一番困るのは子供たちであり旦那さんたちです。それなのに、何も言わずにわかってくれ、一方的に我慢してくれっていうのは、僕にはどうしても不誠実に見えてしまう。また、そのこと自体が、未だに奥さんたちをよそ者扱いしているように取られても不思議がないし、僕はともかく、きっとここでは、まだ父さんもそういう扱いなんだよな――って、寂しくなります」

士郎は、個人的に岡田の発言だけを責めようとは思わなかった。

普段から交流もあるし、夫婦揃って人柄がいいのもわかっている。

ただ、彼は口下手なのは確かで、言い回しがストレートな分、そこが意図しないところで周りを傷つけるし、奥さんにも肩身の狭い思いをさせる。

そこは、この際だから知って欲しくて、士郎はあえて肩を落として見せた。

当然、それはあそこで岡田を諌めなかった夫たちにも、見せつけるためだ。

地元を連呼《れんこ》されれば疎外感を覚えて怒る人間もいるだろうが、単純に寂しいと感じる者もいることを知って欲しかった。

それが実家を別の土地に持つ奥さんならば、尚更だろうから――。

「士郎くん。ごめん」

「いや、俺は……、そんなつもりで言ってないし。すまない」

すると、ここでいっそう怒るのではなく、落ち込まれたことが効いたのか、増尾や岡田が謝ってきた。

「兎田さんも、すみません。本当に――」

「けど、そういうつもりで岡田も説明できないって言ったわけではないんで」

柚希の父親や水嶋たちも、次々に謝罪をしてくる。

こうしたところは素直だし、とても潔《いさぎよ》い。

やはり、妻たち対夫たちのような図式で対立してしまったことで、必要以上に意固地になったのはあるのだろう。

そうでなくても、子供の頃から一緒にいる者同士が集まっていれば、気持ちも当時に戻るだろうし。根本的に悪い人はいないし、同期の結束がどうこうというのがなければ、士郎の目から見ても家族思いの良き父、良き夫なのだ。

ただし、大体人間関係が崩壊するきっかけは「これさえなければ」という部分だ。

「――何度も言ってるけど、みんなで集うなって言ってるわけじゃないのよ。ただ、今夜は頻度《ひんど》をわきまえてって怒っただけで」

それでも夫たちの勢いが一気になくなると、柚希の母親が溜め息交じりに口にした。

「あとは、本当にこうでもしていられなきゃ、やってられないっていうような問題が起こっているなら、そこは説明してほしいし。それが些細なことでも、一緒に考えるくらいはするし、当然オフレコも守るわよ。それに、トラブル自体が口から出任せで、ついつい楽しくなっちゃったから度を超えて――っていうなら、潔く謝って明日から本当に必要な作業だけしてくれればいいだけだしね」

これに増尾の妻が続いて、

「私は――。結局よそから来ている嫁だから、地元民じゃないからって言葉が出るなら、逆にそのことをもっと正しく気にかけてほしいわ。やっぱり店があるし、足腰が弱ってきたお義母《かあ》さんたちが心配だから我慢をしてきたけど。地元に友達がいるのは、私だってあなたと同じ。それこそ、兄夫婦が見てくれているとはいえ、両親だっているのよ。これはどこに嫁に行こうが、関係ないことだから」

岡田の妻が続くと、他の妻たちも揃って頷き、同意を示した。

もはや、ここまできたら、下手な問題を相談されるよりも、勢いづいて浮かれすぎました。今後は気をつけます――で片付くほうが、呆れて終わるだけで面倒もないという空気だ。

「すまなかった。そこまで言うなよ。悪かった」

「――これからは控えるよ。確かに、あとからあとから想定外の問題が起こって、もともとちょっと飲みながら進めていた作業が、いつの間にか飲みに力が入ってた。そこへ親父たちの部活と合流しちゃったもんだから、楽しくなって。問題の解決そのものを先送りにしていた。問題が解決しないことを、暗黙のうちに、集いの口実にしていた」

しかし、問題自体は本当にあるらしかった。

いつの間にか、それが自分たちへの免罪符《めんざいふ》になって遊んでしまったと言われれば、確かに信用度は高い。流れやノリも想像が付く。

が、これには士郎と颯太郎も顔を見合わせて、微苦笑を浮かべる。

たとえ話として、産んでいない長男が出没などと言ってしまったが、こうなると新学期目前まで宿題を先延ばしにして、最終日に徹夜をする子供たちとなんらかわらないことになっているからだ。

「でも、信じてくれよ！　これでも忙しいの一点張りで、何にもしないやつの分まで動いてるんだ。そこは本当にやってるし、新旧会員たちの愚痴も聞いてるし、間にも入ってるし、他にもあれこれ――。って、今、これを言っても、また拗《こじ》れるだけだよな」

すると、だんまりを決め込んでいるのにも限界がきたのか、水嶋の父親が声を上げた。

これは塵も積もれば山となったコースらしい。

しかも、解決を先送りにしているとなれば、どれほどこまこました問題があるのか？

これはこれで胸がざわついてくる。

「いや、言っていいのよ。なんなら夕飯時間に愚痴ってくれて構わないから」

「そうそう。何事も共有した上でのことなら、多少は我慢の限界も先送りになるだろうし。少なくとも、去年まではお祭りが終わるまでは我慢ができた。その後は喉元過ぎればもあったし、クリスマスや餅つきでは子供たちも喜ばしてくれたから、いい具合に不満もリセットされてたからね」

それでも夫たちが完全に白旗を上げて、誠心誠意謝罪をすると、妻たちの機嫌は大分治った。

「とにかく！　これ以上、祭りに便乗して余計な飲み会や遊戯に時間を費やさないでくれれば、ここまでのことは許して上げるわよ」

「守れないなら、子供連れて実家に帰るからね！」

おそらく士郎のおかげで、これまで自分では言い出すことのできなかった「実家へ帰る」という切り札を手に入れたことで、しばらく主導権も握れると判断したからだろう。

かといって、彼女たちがこれをかざして、夫たちを脅すまではしないことを、士郎はわかっていた。

なぜなら、ここにそろった者たちは、何だかんだ言っても日頃から仲のよい夫婦だし、蘭とのろけ話をしていたようなママ友たちでもある。

今回のことは、あまりに自分や子供たちが蔑《ないがし》ろにされたので、可愛さ余って憎さ百倍になっただけ。

しかし、元の鞘《さや》に収まりさえすれば、可愛いに戻るだけだと思ったからだった。

4

その後、話の流れから青年団に塵積もっていた問題は、もともと顔が広い上に、声をかけられやすいということから相談ごとが集まっただけで、必ずしも彼らが解決しなければならない内容のものではないことが明らかになった。

それこそ周りの人間とも共有し、一緒に考えてもらうなり、作業をしてもらうなりで解決したりできることがほとんどで――。

これだけは自分たちだけでやらなければとされるようなことが片手ほどもなかった上に、祭り絡みもいくつかに限られていたのだ。

これを知った妻たちは、〝相談された俺たちは頼りにされている！〟という自惚《うぬぼ》れから問題を抱え込んだ上に、解決を先延ばしにして飲みの言い訳にしたのね――と、今一度鬼の形相《ぎょうそう》となった。

個々の予想を上回るほど「これの何が問題なのよ」というものが多かったからだ。

しかし、ここで颯太郎が、

「そうだったんですね。でも、あれこれ立て続けに相談されると、それだけで大変だって慌てて、どこから手を付けていいのか、わからなくなるときはありますよね。けど、問題が大ごとじゃないのは何よりです。明日から私もできることは手伝いますし、それこそここからは一致団結で頑張りましょう。何だかんだ言っても、お祭りは今週末ですからね」

わざとらしいくらい安堵し、前向きにしてみせたので、妻たちも「それもそうね」と気持ちを切り替えた。

また、これればかりはコントロールが効かなかったのだろう。

「ね、士郎」

「うん！」

――きゅるるる。

「あ……」

士郎がお腹を慣らした途端に、妻たちが顔を見合わせた。

「そういえば、夕飯！」

「ごめんね士郎くん」

「もう、八時過ぎだわ。帰ろう、帰ろう。帰ってご飯にしなきゃね」

その場で自分たちでも解決できそうなことをさっさと判断、テキパキと振り分けて持ち帰りを決めると、そのまま解散となった。

士郎としては恥ずかしさからお腹を押さえてしまったが、颯太郎から「ナイスタイミング」と頭を撫でられ、また夫たちからは「ごめんな」「せめてこれ食べて」と、酒の肴《さかな》に持参していたつまみやお菓子を全部もらうこととなってしまった。

こういうときだけは、完全に子供扱いだ。

(樹季たちへのお土産ができたと思えば、まあいいか。それに全部、個包装のものばかりなのは、ありがたいしね)

結局は士郎もこれで納得。

行き同様、帰りも柚希の家の車に乗せてもらって帰宅した。

向かいの夫婦は、自宅の駐車場へ車を駐めると、揃って柚希を迎えに兎田家を訪ねる。

そして、颯太郎に「ちょっと上がっていきませんか」と誘われるままリビングへ入ると、柚希は充功や樹季たちとゲームをしながら、満面の笑顔ではしゃいでいた。

それもなんの偶然か、にゃんにゃんエンジェルズの麻雀ゲームだ。

これはアニメスポンサーである玩具《がんぐ》会社の営業マンからの提供だが、大人用と違うのは柄が白猫、黒猫、三毛猫で、ルールも少し簡略化されている。

なので、足を踏み入れた途端に、武蔵の「みっちゃんのそれ、ポン!」という弾《はず》んだ声が聞こえた瞬間、父親がビクッと肩を振るわせた。

(うわっ。なんてタイミングで――)

普段はあまりしないゲームをしていたのは柚希のためだろうが、それにしてもここに来て麻雀と思うと、士郎の頬がヒクついた。

「あ！　お帰りなさい。聞いてママ！　あのね、充功くんが、パパが忙しくて遊べないんだったら、いつでも家へ来れば遊んでやるよって言ってくれたの!!　お祭りの太鼓練習も見てくれるし、樹季くんたちもうんうんって！　だからもう、わがまま言わないね!!　ごめんね、パパ。ずっとお仕事に行っててていいからね！　あ！　ご飯は双葉くんが買ってきてくれたチキンだった！　美味しかった!!」

すっかり機嫌をよくした柚希は、一緒に帰ってきた父親に対して手を振った。

おそらく寧と双葉が連れ帰ったときには、まだシクシク、ベソベソしていたが、そこは留守番組が一丸となって宥め賺《すか》したのだろう。

夕飯は寧と双葉で食べさせているだろうし、食後にはドーナツもある。

そこへ大好きな充功までもが構って遊んでくれているのだから、こうなるとパパはこの扱いだ。

「……」

「わかった？　こうやって子供の心は、親から離れていくのよ。ましてや柚希は、いっちょ前に恋する乙女。もう、パパのお嫁さんになる～って台詞も二年近く発してないのに気づいてる？」

最愛の一人娘に「バイバイ」をされて立ち尽くす夫に、柚希の母親はここぞとばかりに追い打ちをかけた。

「そして今や本命となった憧れの充功くんは、町内どころか全国レベルでイケメンな王子様だからね。今になって気持ちを入れ替えて〝パパと遊ぼう〟なんて言っても、邪魔しないでって言われるだけかもよ」

そうして、改めて重々しい溜め息を付くと、

「親なんて、子供に構って、遊んでって求められるうちが花ってこと。それに世間では二歳までの可愛いさだけで、子供は一生分の親孝行を果たしてるって言うしね」

「……」

今この瞬間が、親にとっても子にとっても、どれほど貴重なのかを口にした。

だが、それは夫だけに言っているわけではなく、自戒《じかい》としても発していたのだろうことは、士郎から見てもよくわかった。

柚希の母親の視線が、いつしか蘭の遺影へ向けられていたからだ。

「――あ、柚希ちゃんママ、パパ。夕飯、まだ食べてませんよね？　簡単なものですけど、父さんや士郎と一緒に食べていってください」

すると、ここでダイニングテーブルに四人分の夕飯を並べた寧が声をかけてきた。

卓上には、根菜《こんさい》が細かく刻まれて入った五目飯《ごもくめし》に、だし巻き卵。

ほうれん草の胡麻和《ごまあ》えに、買ってきたとわかるフライドチキンと目玉焼きにサラダ。更には、小鉢に入ったキュウリの漬物などの箸休めが置かれて、キッチンの奥では双葉がお味噌汁をよそっている。

「え!? そんな、寧くん。私たちは柚希を迎えに来ただけだから」

「でも、まだ楽しそうに遊んでいるので。柚希ちゃん、いい子で待っていましたし。武蔵たちも、もう少し遊ばせてあげたいので。お願いします」

颯太郎がスマートフォンを手にしたのは、「これから帰るね」というメールを打つときだけだったので、これらの準備は寧と双葉の判断だろう。

武蔵の嬉しそうな「ポン」を聞いて、まだゲーム途中だと理解したのもある。

すると、柚希の両親も顔を見合わせて頷いた。

「ありがとう。そうしたら、お言葉に甘えるわ。あ、蘭さんに手だけ合わせていい?」

「はい。ありがとうございます」

柚希の母親は、父親と一緒に仏壇へ向かうと、膝をついて合掌《がつしょう》した。

そして、楽しそうに麻雀ゲームを囲んでいる柚希、武蔵、樹季に、七生を膝に座らせた充功をチラリと見ると微笑む。

その後は寧に促されるまま、食卓へ着いた。

晩ご飯を終えると、柚希たちは謝罪と感謝を示して帰っていった。

柚希は寧が抱えてここへ来たので、よく考えたら靴がなく——。

帰りは父親が抱えていったが、どちらも嬉しそうだった。

特に柚希の母親が浮かべた笑顔が、頑張った感のある士郎たちにとっては、何よりのご褒美で。偶然とはいえ、最初に夫婦喧嘩を止めに入った寧も心から安堵し、笑顔を浮かべていた。

（それにしても、濃い一日だったな。てっきり今日は病院へ行ったら、あとはのんびりできるものだと思っていたのに、次から次へと……）

時計の針が九時半を回ったところで、士郎はパジャマに着替えて寝支度を調えた。

幸か不幸か、お風呂はプール遊びのあとに入っているので、歯磨きと洗面を済ませれば完了だ。

しかし、ここで目をキラキラと輝かせてきたのは、樹季、武蔵、七生だった。

「しろちゃん！　俺といっちゃんでお布団敷いたよ！」

「七生も枕を置いて、ちゃんとお手伝いしたんだよ。ね」

「あ～いっ」

今日は朝から夜まで遊び倒しただろうに、プール後に仮眠を取ったため疲労がリセットされているのか、普段の日より元気そうだ。

それでも敷いた布団を自慢してくるのは、「早く寝よう」の合図だろう。

気分だけは盛り上がっていても、実際は眠いのかもしれない。

「すごい！　ありがとう、武蔵。七生。樹季も本当にありがとうね」

「へへっ。どういたしまして～」

「そしたら、僕はメールの確認だけするから、先にお布団に入ってて」

「はーいっ」

それでも士郎には、まだやることがあった。

自分用のスマートフォンを持っていないが、代わりに颯太郎からのお下がりノートパソコンと専用のメールアドレスがあるので、これのチェックだ。

急ぎの用なら家の固定電話にかけてくるが、そこまででもない場合はメールで用件を伝えてくる友人たちも多い。

また「士郎塾」と呼ばれる同級生たちのオンライン勉強会も、パスワード付きのサーバーブログを利用し、士郎が作った問題集を毎日アップ。閲覧《えつらん》パスワードは伝えてあるので、問題を利用するかどうかは個々の自由という形で行っている。

その上、問題内容に質問があれば、回答メールと一緒にも受けるが、基本的にはブログのコメント欄を利用してほしいと頼んでいる。

全員で質問と解説が確認できるようにしているからだ。

「七生もここで寝るか？　父ちゃんのところへ行くか？」

「うーんっ。むっちゃ、ねんね！」

「おお〜っ。そしたら、しろちゃんと俺の真ん中が七生の場所な！」

「あいちゃ」

「ええっ。武蔵、優しい。士郎くんの隣を七生にどうぞしてあげるんだ」

「まあね〜っ」

士郎が勉強机に向かうと、武蔵と七生、樹季は三組並べた布団に入った。

背中に視線を感じつつも、一週間ぶりに利き手でマウスを操作し、先にブログのほうを開く。

（今日からオフライン塾をオンライン塾に切り替えたけど、みんな宿題はやってるかな？　あれって、そのためだけに一カ所に集まってやるから、できていた部分はあるだろうしな――。あ、やっぱり閑《ひま》だの構ってくれない、つまんないって書き込みがある。でも、そうしたら自主的に集まれる子だけで集まる？　って、浜田《はまだ》さんたちが声をかけているから、また児童館で宿題する子たちが出てくるかも？）

コメント欄には質問もあったが、些細な愚痴や意見交換も書き込まれていた。

特に士郎のクラスメイトの名前が目立つ。

（――ん？　うちのおじいちゃんがお祭り用にお金を払ってた？　うちはパパの会社が毎年海老の貼り紙に名前が載ってるぞ？　ああ、これって寄付金のことか。そう言えば、この奉納札《ほうのうふだ》だか花代札《はなだいふだ》だかの掲示順でも、あれこれ言われて、水嶋さんのお父さんと柚希ちゃんパパが困ってたんだっけ。あと、これは……。あーあ）

しかも、士郎が児童館で場を設けていたときには、話題自体が勉強会や宿題の進行が中心だったが、オンラインに戻ると「祭り」の文字も見えてきた。

特に父親が青年団員だったり、母親が子供会や町内会の役員だったりしていると、今は宿題さえ見てもらえないと文句たらたらだ。

また、父親たちが抱え込んだまま解決していなかった問題のいくつかが、すでに子供同士の関係にも影響を及ぼしていることが、これを見てわかった。

（大人がどうでもいいような対立をしていると、やっぱり子供同士にもういう子が出てきちゃうよな。地元生まれと都心生まれの謎なマウント合戦。あとは、親がどれだけ祭りや神社に寄附しているとか、地元貢献度が高いとか。これって当人同士の張り合いも困ったものだけど、子供の耳にまで入れるから、余計な争いの火種《ひだね》になるんだろうな）

ブログ自体は士郎が登録している勉強会用のものなので、そのコメント欄で喧嘩越しになるものは、さすがにいない。

しかし、相談や愚痴めいた言い回しや噂話、また「聞いて聞いて」で自慢などを書き込む子供もいるので、水面下で問題が起こっているか、また今にも起こりそうだな——というのは、文面と書き込んでいる本人の性格を考え合わせれば、だいたい想像が付く。

（とりあえず、この今にも揉めそうな子たちの話は、明日にでも直接聞いてみるか。もちろん、実際に顔を合わせたら、そうでもないかってホッとできるのが一番だし。誰かと揉めるよりは、一緒に仲良くできるほうが楽しいよねって思える雰囲気作りを、僕も常に意識しないと——だけど）

士郎は、ブログに包帯が取れた報告と、宿題や予習などで相談がある場合は、これまで通りコメントやメールで——といった内容を打ち込むと、本日分を更新した。

また、今からだが、自分も町内祭のお手伝いをすることにしたので、もし時間があったら明日の十時に町内会館前に集合してね——とも、付け加える。

夏休みに入ると、部活も塾もなく「閑」と「たいくつ」を連呼している子供たちは多い。ましてや両親が共働きで、気軽に合流できるほど仲のいい友人が近くにいない場合は、相当孤独だ。

ゲームやＳＮＳに填《は》まる子供たちがいても、なんら不思議はない。だから先日のような勉強目的であっても、孤独を回避したくて集まる子供たちがいるのだろうから、祭りの手伝いなら確実に集まるだろう。

特にここでコメントを書き込んでいるような子供たちならば、遊びに行く予定でもないかぎり、必ずやってくる。

そうして集まり、直接互いの顔を見て。士郎や他の友人たちがいるところでも親の威《い》を借りたようなマウント合戦に走るなら、これは小火《ぼや》のうちに消化せねばとなる。

それこそ――、

「こういうのは、それぞれにいいところがあるんだから、お互いに認めて褒め合うほうが気持ちがいいよね。それに、同じ子供同士で相手を馬鹿にするようなことをしていたら、悪い子から悪い大人にまっしぐらだもんね」

――と、眼鏡のブリッジをクイクイしながら、釘を刺すだけだ。

子供の世界で、少しでもいじめを回避しようと思えば、個々の不満をできるだけ消化し、また自慢の類《たぐ》いはいったん認め、受け入れて。これによってつけた自信を他人への思いやりや優しさにできるように促していく――というのが士郎流であり、颯太郎の育児から学んだことだからだ。

本来なら当事者の身近にいる大人がすることだろうが、誰もがこうしたことに目が行き届くわけではないので、士郎は気づいた限りはできることをする。

それも誰のためにではなく、あくまでも自分のため。

士郎自身が以前に住んでいた土地で、その幼稚園で、頭が良すぎることで異端児《いたんじ》扱いを受けて、哀しい思いをしたからだ。

（さてと――）

そして、その後は届いていたメールを読んでいく。

（あ、晴真からもメールが届いてる。え？　今度は智也にシャツとパンツをプレゼントって、どういうことだよ‼　って、こっちが聞きたいよ。ただの着替えで渡しただけなのに、どういう伝わり方をしてるの？　しかも、大地《だいち》くんからは、智也が充功さんを守護神にしたって噂を聞いたが、本当か⁉　そんな最強の守護神、持てるものなら俺も欲しい――って。いったい、何を言っているの？）

すると、ここへ来て「なんだそれ⁉」と言ってしまいそうな内容のメールが、いくつも届いていた。

このあたりはクラスメイトや同級生といった括《くく》りに入る者ではなく、普段から親しい友人として士郎の周りにいる男子たちだ。

特に文字からでもワーワー騒いでいるのがわかる手塚《てづか》晴真は、士郎がここへ越してきてから通い始めた幼稚園でできた最初の友人。彼の口癖を借りるなら、親友と呼べる関係だ。

ただし、晴真自身は市内でも強豪《きょうごう》のサッカー部へ所属しているので、夏休みもそのほとんどを練習で過ごしている。

なかなか一緒にいる時間が取れないまま今日にいたっているが、その分手が空けば、毎日でもこうしたメールを送ってくる。

　また、寺井《てらい》大地のほうは帰宅部だが、同じくクラスメイトで帰宅部の青葉《あおば》星夜《せいや》と共に、士郎塾へ来たり、サッカー部の手伝いに行ったりしているので、やはり日報《にっぽう》のようなメールを送ってくる。

　おかげで士郎はサッカー部でもないのに、その日に何をしたか、何が起こったかを熟知している。子供たちの中で何か噂が立てば、これらもすべて報告されてくるので、不本意ながら情報通だ。

（あ、当の智也くんからも、メールが届いてる。え!?　――へ～っ。これは吉報《きっぽう》だ。増尾さんも喜ぶし、何より智也くんが嬉しいだろうな。そうか……。自治会関係はお父さんが仕事の調整を付けて、率先して頑張ってくれることになったのか）

　そうしてもらった何通ものメールに目を通していくと、士郎は智也からのそれを読んで、口角が上がった。

　どうやら今夜は、父親と話ができたようだ。

　同時に、士郎は何も言えなかったが、智也自身に思うところがあったのだろう。

　経緯は書かれていなかったが、これまで忙しいを言い訳に避けてきた自治会仕事に、少なくとも父親は目を向けてくれるようだ。

（そう言えば、智也くんのお父さん。病院帰りに見かけたときも、いいことあった風な電話をしていたから、機嫌もよかったのかな？　なんにしても、救急病院勤務なだけに、都合がつかないときはあるだろうけど、そこは周りもわかっていることだし。何より、今年は例年以上に、忙しいを理由に協力してくれない班長や副班長が多いって問題が、青年団にも持ち込まれていたから。一人でもやる気になってくれるのは、問題解決への第一歩だろうしね）

メールを打ってきた智也の笑顔が目に浮かぶ。

士郎は一日の終わりにいい報告を受けられて、嬉しくなる。

「しっちゃ～っ」

だが、あれこれ目を通しているうちに、けっこう時間が経ってしまっていたのか、しびれを切らした七生が声を上げた。

士郎が振り返ると、なぜか七生は布団からオムツパンツでふっくらしているお尻だけを出して、フリフリしていた。

一応、早く来てというアピールらしいが、思わず士郎は吹き出してしまった。

「こらっ！　七生。しろちゃんはまだ、パソコンだぞ」

「や～よ～っ」

武蔵が慌てて上掛けでお尻を覆うが、そうすると今度はニョキっと両脚を伸ばして、バタ足を始めてしまう。

もちもち、むっちりとした短い足が騒がしくしているだけなのに、どうしてこんなにも可愛く見えてしまうのか――。

　士郎はここでもブラコンを自覚しながら、ニンマリだ。

（そう言えば、これは武蔵も樹季もやってたな～）

　などと考えつつも、ノートパソコンの電源を落として、パタンと閉じる。

「そんなこと言って、武蔵も早く来て欲しいくせに」

「そしたら、いっちゃんだって！」

「へへへっ。士郎くん、早く～っ」

「はいはい。わかったよ。もう寝るよ」

　そうして机を離れると、士郎は電気を消して、弟たちに用意されていた布団の隙間に入っていった。

　右には七生、その向こうには武蔵。

　左には樹季が寝ていて、士郎が横になった途端に身を寄せてくる。

「やった～っ」

「ふへへへへっ」

「おやすみなさーい」

　士郎の手足に包帯が巻かれていた間は我慢していたのだろう。

　くっつき解禁！　とばかりに、いつにも増してべったりだ。

（可愛い）

それでも寝苦しい、暑苦しいなどとはいっさい感じない士郎は、自分のほうからも両手を伸ばすと、思う存分弟たちを抱き寄せた。

士郎自身も内心では「べったり解禁！」に、満足していたのだった。

＊＊＊

翌朝――九時。

士郎は朝食を終えると寧を仕事へ、双葉をバイトへ、また颯太郎を職場たる三階の屋根裏部屋へ順番に見送った。

そして、弟たちや出支度《でじたく》は充功に任せると、リビングに置かれた家族共用パソコンが置かれたデスクへ向かう。

颯太郎は仕事柄、パソコンは常に二台持ち。

また、これを定期的に買い換えるので、古くなったデスクトップやノートパソコンは捨てることなく、士郎がメンテナンスやスペックアップをして利用している。

そのため、ノートパソコンは寧から士郎までが専用のものを持っており、初代のデスクトップがリビングに置かれているために、各部屋に一台ずつあることになる。

ただし、リビング置きのものは、樹季や武蔵、七生でも弄《いじ》っていいよ――ということになっているので、士郎は「子供には見せたくない系」のサイトには間違っても飛ばないようにセキュリティをかけている。

その反面、スペックアップをするなら一番デスクトップがしやすいということで、勝手にメモリーから何から増量しており。なおかつ、自身のノートパソコンとも同期できるように設定しているので、見た目は旧型のファミリータイプだが、中身はちょっとしたＩＴ企業でも使える程度にはハイスペックだ。

士郎が市販のワンワン翻訳機のプログラムを解析し、また新たにエリザベス用にプログラムを更新するのにも大いに役だってくれた。

（さてと――）

それでも最近はオンライン士郎塾とメール程度でしか使っておらず、今朝もこれらの確認だった。

すると、昨夜の知らせを見た者たちからの参加表明の書き込みやメールが届いていた。

中には智也からのメールもあり、そこには本日の手伝い参加と一緒に、昨夜の経緯が書かれている。

（――そうか。お母さんが大きな成果を上げて、上機嫌で帰ってきたものの、これからますます仕事が忙しくなる、自治会仕事はこれまで以上に無理ってことで。それで思い切って智也くんが、自分が代わりに何かできないか僕に聞いてみるって言ったら、お父さんが〝それなら俺が〟って、ことになったわけか）

どうやら昨日は父親だけでなく、母親のほうにもいいことが重なった。

予定外のプール遊びが智也にとってのいいことになっているなら、夜は家族全員が笑顔で食卓を囲むか、顔を合わせるだけでも幸せな時間が過ぎたことだろう。

智也にとっては何よりのことだ。

士郎は、もらったメールの端々から、いっそう嬉しそうな智也の顔が目に浮かんだ。

あとは、自転車で来ていた沢田の荷台に乗って家まで送ってもらったが、途中で同じ旧町に住む大地とばったり会った。

そのとき、沢田がもらった充功の下着セットの話を面白おかしく話してしまったのを訂正できなかったので、変な話になっていたらごめん――という、謝罪も書かれていた。

士郎からすると、これで全部謎が解けたので、むしろスッキリだ。

そもそもの説明がおかしいなら、下着セットが守護神扱いになっていても、不思議はない。

おそらく大地から晴真に話が伝わる頃には、以前大地が家出をしてきて泊まることになった際に提供した下着の話まで合わさり、ああいったメールが来ていたのだろう。

そこから更に面白おかしく話が広まることを想定したら、この先どんな内容になっていても驚くことはない。

（――で、ここからは、お願いか）

智也のメールには、父親はもともと交代勤務だから、土日祝日も昼夜が関係ない。

だが、その分時間さえ合えば、いつでも手伝える。人手がいるなら祭りの準備も、できる限り参加すると、本人も言っていると書かれていた。

ただ、自治会で動いている人たちとはほとんど面識がなく、これまできちんと参加もしていないから悪い印象しかないと思う。

できれば最初は、士郎や士郎のお父さんが一緒だと安心かなとも思ってる。

だから、今日の自治会館から一緒に行くから、ごめん！　父親が上手く周りに溶け込めるように、手伝ってほしい。

父親もこれまでのことは謝罪をするし、自分も精いっぱい頑張るから！

――ということだった。

（まあ、智也くんからしたら、心配だよね。せっかくやる気になってくれたお父さんが、周りと馴染めなくて嫌になっちゃうとか、なくはない話だし。実際、そういう相談があるって、柚希ちゃんパパたちも言ってたし）

士郎はメール画面とにらめっこをしながら、胸元で腕を組む。

（ただし、ここは奥さんたちから〝地元の結束が固すぎると、転居してきた人たちは仲間に入りづらいって感じて、関わること自体を避けたり、嫌になっちゃう人もいるってことよ！　わかる!?〟って指摘をされて、反省をしていたから。改めて溶け込むなら、今が一番いいタイミングだ）

思わず口角が上がった。

こういうのも九や智也が持ち合わせた〝運〟なのだろう。

だが、実際に昨夜のドタバタが解決し、そこからまたいい方向へ結びついていくのが窺えると、早めに解決できてよかった——と、心から思う。

（でも、今日から来られるなら、先に子供たちと面識を持ってもらって。途中で様子を見に来てくれる予定の岡田さんや増尾さんにも、そこで挨拶をしてもらえば、第一関門は突破かな？　さすがに同じ街区の増尾さんには、ここまで不義理《ふぎり》をしているから、一度はきちんとした謝罪がいるだろうけど。でも、旦那さん自身は、青年団以外は奥さんに丸投げだったんだから、嫌な顔はできないはずだしな）

そうして士郎は、すべての書き込みとメールに簡単な返事をすると、メールソフトを閉じようとした。

（——あ、遼《りょう》くんだ）

すると、新たにもう一通のメールが届いた。

送り主は吉原《よしわら》遼。彼は士郎が以前、招待を受けて体験合宿に参加した全国でも屈指の進学塾・栄志義塾《えいしぎじゅく》の特待生で、都心住まいの中学一年生。

中学生の部の全国模試では、最年少で一位の成績を収めており、彼もまた天才にして秀才なホワイトハッカー志願者だ。

士郎と知り合ったのも、趣味で覗いていたらしい栄志義塾のマザーコンピュータのデータを見て、「なんでこいつは、わざと問題を間違えて、ちょっと頭がいいレベルを装っているんだ？　実際はもっと突き抜けてるよな？」と、疑問と興味を持って向こうから接触してきたのがきっかけだ。

士郎からすれば、「そんなの、東大・京大の合格率をアップするために、青田買いのように特待生のスカウトをしている栄志義塾が、面倒くさい組織にしかみえないからに決まってる！」だけなのだが……。

そうした視点から近づいてきた繚なので、士郎がただ勉強ができるだけの神童ではなく、超記憶力症候群と思われる能力を持っていることに気づいており、それによるメリット、デメリットがあることをきちんと理解してくれていた。

また、知り合った同時期に、士郎が裏山で拾った四匹の子猫のうち一匹の里親になっていることから、日々成長記録画像を送ってくれるようになって、気がつけば毎日メールのやりとりをするようになっている。

今もそれだ。

〝本日のシロウのベストショット！　お腹の毛がふわっふわっで最高！〟

――らしいサバトラの子猫が、大の字を書いて寝ている姿がババンと貼り付けられている。

すでに諦めてはいるが、飼い猫に譲渡主《じょうとぬし》の名を付けて呼ぶことが、士郎自身には理解ができない。

充功から言わせると、「間違いなく、ただの嫌がらせだろう！　わはははははっ」だそうだが――。

（徐々に大きくなってくるのがわかる。可愛い。あとで樹季たちにも見せてあげよう――ん？）

それでも子猫自身の可愛さに嘘はなく、また罪はない。

士郎は返信部分をクリックすると、送られてきた文を引用しながら、「はいはい」と返事を書こうとした。

だが、メール文には思いがけない内容が続いている。

〝そろそろ意思表示がはっきりしてきたから、俺もシロウのにゃんにゃん翻訳機をマネして同じのを作り始めたぞ。たぶん、試作が週末には出来上がるから、持っていったら見てくれるか？〟

（へー。見る見る。それは是非見たい。あと、週末は町内祭があるから、せっかく来るな

ら遊んで行きなよ――と）

〝それにしても、せっかくの夏休みだっていうのに、本当に何にもないのかよ？　子守はわかるが、近所の餓鬼《がき》どもの宿題の世話までしてるって、どうなんだ？　もっとこう、アクティブに動くことはないのか？　なんなら一日くらいこっちへ遊びに来いよ。送迎してやるし、原宿でアイス奢《おご》ってやるからさ！〟

寮自身が閑だったのか、いつになく世間話が書かれていた。

（子守のアクティブさを舐めるなよ。というか、慌ただしくて怪我のことまでは伝えていなかったから、寮くんからしたら日常と変わらないか。もしくは、普段以上に面倒そうな日常に思えたんだろうな。だからって、どうして僕が送迎してもらって、原宿でアイスを奢ってもらって喜ぶように見えるのかは謎だけど）

見せられるものなら、昨日のプール遊びの状況を見せてやりたい。

あとで充功にそのとき撮っていた動画があったら、転送してもらおうかと考える。

それでも当の充功から、

「士郎、そろそろ時間だぞ。エリザベスも連れてきたぞ」

声がかかったので、士郎は「はーい」と応えつつも、続きの文を打ち込んだ。

（――だったら、お祭りで僕がアイスを奢ってあげるよ。子供会から割引券や引換券ももらうから！）

あとは適当に「またね」で締めて、送信だ。

メールソフトを閉じて、パソコンの電源を落としたときには、エリザベスが側へ寄ってきて「おはよう」と言うように尻尾を振っていた。


士郎はパソコンデスクの引き出しから腕時計のようにベルトを着けた掌サイズのワンワン翻訳機本体と、五百円玉よりはやや大きめサイズの音声受信機を取り出した。

そうして声を拾って本体に送る役割を持つそれをエリザベスの首輪に付けてから、翻訳機本体の電源を入れる。

「今日はよろしくね、エリザベス。一応、これを付けておくから、何かあったらいつでも吠えて」

そう言って士郎も翻訳機を左手首に巻いた。

翻訳以外にも、士郎が時計機能を付け足してはいるが、もとが市販のワンワン翻訳機を改造したものなので、見た目はほぼそのままだ。

小学生が玩具を付けているようにしか見えないが、士郎からすると正解だ。

エリザベス専用とはいえ、中身はかなり高性能に出来上がっているからだ。

「バウバウ。バウ」

すでにこれがなんなのかを理解しているエリザベスの反応を確認するべく、手にした翻訳機に視線を落とす。

（子守、任せろ、ササミ――か）

本日の任務も理解しているようで、これなら安心だ。

ちゃっかりご褒美のおやつも催促してくるところが、心身共に元気な証拠だ。

「さ、行こうか」

「バウ」

そうして士郎が声を発すると、充功と出支度を調えて待ち構えていた樹季、武蔵、七生の目が輝いた。

みんな麦茶を入れた水筒を肩からかけており、七生のオムツとお尻拭きが入ったリュックサックは、よほど張り切っているのか武蔵がしっかり背負っている。

「嬉しいね、七生。いっちゃん。俺たちも、お祭り準備のお手伝いができるんだって！」

「うん！　何をするんだろうね。楽しみだね」

「やっちゃ〜っ」

（ごめん。そこはお祭り準備をする僕のお手伝いってことで、メインは七生の子守だ。父さんは寧兄さんが帰宅したら青年部のお手伝いに行くって言っていたし。せめて日中は仕事に集中してほしいからね）

お手伝いだろうが、何だろうが、樹季たちにとっては留守番するよりは数倍楽しい。

それがわかっているだけに胸が痛むが、こればかりは仕方がない。

階段下からみんなで「いってきまーす」と声を張り上げると、士郎はエリザベスのリードにお散歩セット、一応七生のハーネスも持参して玄関を出た。

颯太郎の「はーい。いってらっしゃーい」という声を微《かす》かに聞きつつ、扉の鍵は充功がかけて、それを士郎が確認する。

今日は空が青くて快晴だが、その分暑くなりそうだ。

充功が前後にチャイルドシートを付けた自転車の後部席に七生を乗せて、武蔵にも「乗って行くか？」と聞くが、武蔵は満面の笑みで「大丈夫！」と答えて、樹季としっかり手を繋いでいる。

自治会館は旧町にあり、小学校の近く。

新町の中でも駅寄りで、尚且つ夢ヶ丘町と隣接している一街区に家がある士郎たちからすると、裏山沿いの通学路を二キロは歩くことになる。

だが、このあたりでは子供たちでも「ちょっと行ってくるね」で、このくらいの距離は行き来するので、樹季や武蔵も慣れっこだ。

疲れたら充功が自転車に乗せてくれる安心もあって、足取りは軽快だ。

「それにしたって、お前もお節介だよな～」

それでも自転車を押しながら、充功が早速ぼやいた。

「その言葉は、そっくり返すよ。おかげで心置きなく樹季たちを連れてこられたからね」

士郎が笑って返す。

充功が着いてくることは百も承知で、樹季たちを連れてきた。

そうでなければ、七生まで連れては来られない。

エリザベス同様、最初から子守要員として頭数に入っている。

「ふんっ！　そういうと思って、佐竹たちにもメールしといたよ。どうせ閑だし、準備の手伝いでも子守でもするってさ！　ただし、時間ができたら士郎に宿題を見てほしいとかほざいてたけど」

「了解！　ギブアンドテイクがあるほうが、僕も気兼《きが》ねしなくて済むから嬉しいよ。というか、きっと僕に気を遣って、そう言ってくれたんだと思うけど」

「──あ。なるほど。そういうことか」

などと話しながら歩いていると、裏山麓《ふもと》にあたる歩道脇を、野良猫の茶トラがチョロチョロし始めた。

「みゃん」

「カー」

上空には鴉《からす》がのんびりと飛んでおり、いずれも裏山在住のものたちだ。

しかも、目を懲《こ》らすと、まだ何かいる。

それも、茶トラの何倍も大きい？

（うわっ。着いてくるのはいいけど、見つからないようにね。――ってか、ロットワイラーはさすがに駄目だろう!!　ここのところ顔を出していなかったから、会いに来てくれたのかもしれないけど！）

普通に飼われている犬であっても、ロットワイラーほどの大型犬となれば、ノーリードでは通報される。

それが野犬となったら――考えただけで、見つかったときが恐ろしい。

士郎は心を鬼にして、目が合った彼に「めっ」とした。

エリザベスもそれに気づいてか、「だめだめ、隠れて」と言わんばかりに尻尾をふんふんと振っている。シッシッと払うふうではなく、ちゃんと「隠れて」ふうに見えるのが、士郎はちょっとすごいと思った。

ロットワイラーにも士郎たちの心配が通じてか、まるで「はーい」と言うように尻尾を一振りして姿を隠す。雑草が茂る麓の奥は、きつい傾斜になっているが、慣れているのかササッと上がって消えていく。

また、茶トラも「またね～」と言うように長い尻尾を撓《しな》らせてから、これに続いて去って行く。

あとは頭上の鴉だけが「カー」と鳴きながら、マイペースに飛んでいる。

（うわ！　今後は尻尾の振りにも注意だな。感情表現がありそう。というか、こういうときは野鳥が一番自由なのかもしれないな――。あ、そうだ。クマさんにまだ完治の報告をしてないや。祭りのこともあったし、氏神《うじがみ》神社の場所も調べてあるから、あとでお供《そな》えを持って行こうかな）

ただ、彼らを見たからだろうか？

士郎は立て続けにバタバタしてしまったせいか、クマさんこと地元の氏神にお礼を言いに行く予定を立てていたことを思い起こした。

見るもの聞くものすべてを記憶してしまう士郎だが、こうしたうっかりは普通にある。

このあたりは記憶をデータとして保管しており、必要なときに脳内で検索をかけて思い出すことができるというだけで、目の前で成すべきことの優先順位が変われば、それに合わせて思考を巡らせて行動する。

そういう意味では「うっかり忘れる」ことも可能だが、それでも思い出そうと思えば、昨夜慌ててひとまとめにされた青年団からのおつまみやお菓子どころか、踏み込んだときに打たれていた麻雀のパイの並びまですべて思い起こせる。

しかも、これが昨日今日の話でなく、生まれてから目にした光景、耳にした音のすべてをだ。

いつか脳が容量オーバーを起こすのではないかと不安になるが、それでも他界した母の姿をいつでも思い起こせるのは、幸運だ。

亡くしたときの悲痛な思いや哀しみも覚えているが、そこは無視してしまえば、いつでも士郎の記憶の中には生き生きとした蘭の姿が、声がある。

そして、そんな士郎が滑り台から落ちた幼児一人を受け止めた勢いで転倒したさいに、大事な記憶の入った頭を打たないように、また大怪我に繋がるような背中や腰を打たないようにと、身を挺して守ってくれたのがこの氏神だ。

だからこそ士郎は、手足に軽い捻挫を負っただけで済んだ。

最初に現れたときに、裏山の祠《ほこら》に置かれていた小汚いクマの縫いぐるみに憑依《ひょうい》していたので、士郎は「クマさん」と呼んでいるが、正真正銘希望ヶ丘一体を守護してくれている氏神だ。

（それは嬉しいが、時期的に本宅には供物が増えてきた。裏山の別宅にもらえると有り難いかの〜。あ、ただし、あやつらが食うても支障のないもので）

だからといって、勝手に士郎の心を読んだり、こうして突然〝念《ねん》〟を送ってきたりするのはどうかと思うが——。

これに関して士郎は、科学的に捉えることはとっくに放棄した。

考えても無駄だ、今の自分には答えは見出せないと判断したら、そこは素直に認めて、この摩訶不思議《まかふしぎ》な現象は、貴重な経験として記憶に貯えよう――と、開き直ったからだ。

（え？　クマさん。いつの間に？　というか、裏山の祠って別宅扱いなんですか？　そしたら本宅って、神社のことですよね？　供物があるってことは、お参りに来る人が多いんだと思いますけど、神様不在でいいんですか？）

歩道を歩きつつも、士郎は頭の中で氏神と話し始めた。

充功や樹季たちも話をしているので、特に何も気づくこともない。

（今の時期は祭り用の奉納で増えとるだけで、ほとんど神頼みはないからの。それに、主祭神が張り切っておるので、任せて大丈夫じゃろう。その分、主神である吾《われ》は、こうしてまめに町内パトロールをしておるし。それで、別宅を休憩所にしておるのじゃ）

そうして初めて知る、地元の神様事情。

（あ、なるほど。でも、神様も分業制なんですね。というか、町内規模の氏神神社でも、複数もの神様が祀られてたんですね。すみません。調べたことがなかったもので、初めて知りました）

通常、神社では複数の神を祀っている場合が多く、その中で主として祀られる神を主神や主祭神と呼ぶ。それ以外の神は配神、配祀神、相殿神などと呼ばれるが、どうやら希望ヶ丘の神社はツートップらしい。

士郎はクマの縫いぐるみ二体が頑張っている姿を想像するとちょっと笑えた。

しかも、和《なご》む。

（場所にもよるじゃろうが、吾のところは希望ヶ丘、夢ヶ丘、平和の三町が担当区域じゃからの〜。昔は吾だけじゃったが、都市開発で人が増えたんで、都心から若い主祭神に来てもらったんじゃ。やつも最初は大都会の大きな神社に憧れておったが、住めば都じゃ。何より、信じる者がいなければ、吾らの存在も成立しないでの〜。そういう意味では、ここは守り甲斐のある担当地区じゃ）

これも神様の愚痴の一種なのか、担当エリアや転勤事情、はては都落ちの話まで聞かされて、もはや士郎の脳内では、スーツ姿のクマリーマンがあっちへ行ったりこっちへ行ったりだ。日本全国、八百万《やおよろず》の神とはよく言ったものだが、すべてをクマリーマンに置き換えて想像すると、あやうく吹き出しそうになった。

それこそスーツを着た寧が帰ってきたときに、思い出し笑いをしそうで困る。

（――神社とか神様の世界もいろいろ大変なんですね。けど、わかりました。そうしたら、供物は裏山へ持って行きますね。お菓子ではなく、ペットフードで）

それでも氏神のリクエストは理解した。

なんだかんだで、裏山の野犬や野良猫たちを思っていることも――。

（おう！　そうしてくれると有り難い。やつらも喜ぶでの〜。では、またな）

「カー」

そうして話を終えると、氏神の気配が消えるとともに、鴉も離れていった。

「ばいばーいっ」

いきなり七生が手を振り、士郎は肩を震わせる。

（――え⁉　あ、そうだった。この手のものは、七生のほうが強いんだったっけ）

もしかしたら、七生には今の会話が聞こえていたのだろうか？

少なくとも、近くにいて話しかけてきたのは、わかっていたのかもしれない。

「なんだ、いきなり？　どうした、七生」

「鴉が飛んでいたから、それでバイバイしたんだよ。ね、七生」

同じ驚くでも意味が違っただろう充功に、士郎が慌てて説明をする。

「ふへへっ」

「なんだ、そうか。驚かせるなよ」

七生は笑って誤魔化しているようにしか見えなかったが、充功が納得したので、ここはよしとした。

5

士郎、充功、樹季、武蔵、七生、そしてエリザベスが到着すると、自治会館前には、すでに佐竹や沢田と二十人近くの子供たちが集まっていた。

大半は士郎の同級生だが、中には弟や妹を連れてきた者たちもいる。

このあたりは、士郎も樹季たちを連れてきているので想定内だ。充功とその友人たちには悪いが、この時点で子守役として大活躍するだろうことが確定だ。

これを察してか、エリザベスも俄然やる気になっている。

「わ！　士郎くん、おめでとう!!」

「包帯が取れてよかったね！」

「おめでとう!!」

「本当、よかったね」

真っ先に声をかけてきたのは、同じクラスの女子である浜田《はまだ》彩愛《あやめ》、朝田《あさだ》紀子《のりこ》、水嶋《みずしま》三奈《みな》、隣のクラスの柴田《しばた》麗子《れいこ》だった。

四人はいわゆる仲良しグループだが、今日は全員予定がなかったようだ。

そして三奈は、父親が青年団にいるので昨夜のことも知っているのか、メールでは幾度も「三奈のお父さんが、ごめんね」と書いてきていた。

士郎には「気にしなくていいよ」としか言いようがなかったが、やはり大人の世界で何かが起これば、こうして子供は煽《あお》りを食《く》らうのだ。

子供の尻拭いを親がするのと一緒で、子供は子供でけっこう親の知らないところで、頭を下げている。

これはこれで「うちの子に限って」と思う親もいるだろうが、ある程度の年になれば子供たちだって処世術《しょせいじゅつ》として身に着けていくことだ。

「みんな、ありがとう。すっかりよくなったよ」

「あ、お店があるからすぐに〝よろしく〟って行っちゃったけど、和菓子屋のおじさんが会館の鍵を開けて、荷物を置いていったよ。またあとで顔を出すって」

「了解。そうしたら、みんな中へ――ひっ!?」

「士郎〜っ！　うわ〜っ生士郎だ！　久しぶり〜っ!!　会いたかったよ！　本当なら、毎日でも怪我の手伝いに行きたかったよ！　なのに、円能寺《えんのうじ》先生が退院してきた途端に、練習を張り切るから、くったくただよ！　もう、嫌じゃないけど、寂しかったよっっっ」

そして、士郎がまだ彼女たちとの会話途中だというのに、歓喜の声を上げて抱き付いてきたのが、たった今到着したらしい手塚晴真。

人目も憚《はばか》らずに騒いでいるが、士郎自身も久しぶりに会うので、ここは「はいはい」で受け止めた。

（それにしても、久しぶりに聞く名前だな――円能寺先生）

自身の担任である新川《あらかわ》からは、怪我のときも見舞いメールが届いていたので、間を開けたように感じることはない。

しかし、晴真のクラスの担任かつ、サッカー部の顧問となると、こんなものだろう。

円能寺もまた、士郎からすれば人騒がせで困った大人の一人だが、サッカー部顧問かつコーチとしては熱心で、保護者からは人気もある。

士郎にとっては、マイペースすぎて着いていけない相手だが、そもそも〝相性〟とは、こうしたものなのだろう。

たとえ自分が苦手でも、得意な人はいるし、その逆もある。

それをしみじみと実感し、学んだように思うのが、この円能寺の存在だ。

「そこまで言うのに、練習は嫌じゃないんだ」

それにしても、晴真は本当にサッカーが好きだ。

練習がきついと言ってヒーヒーしていることはしょっちゅうあるが、だから「嫌だ」「やりたくない」といった言葉は、聞いたことがない。

「うん！　ぶっちゃけ、きっついよ！　去年に比べたら、なんじゃこれ!?　ってくらい、きっつい。けど、今の練習って、円能寺先生が入院中にめちゃくちゃ全国チームをリサーチして、士郎が作ってくれたファイルも参考にして、尚且つプロのジュニアチームなんかのトレーニング方法も調べて、参考にして作ったメニューなんだって！　それを聞いたら、先輩たちも俄然《がぜん》やる気になっちゃって」

そして、それは円能寺も同じようだ。公立小学校の部活、特に土日や長期休みでも練習があるような部の顧問では、否応なく私的時間も費《つい》やすことになるだろうに。

本人も率先して動くので、こうして子供たちも意欲的に練習に励《はげ》むし、また保護者も協力的だ。

「でも、他部とのグラウンドスケジュールの都合で、しばらくは午後からの練習なんだ。それで、先週のオフライン士郎塾にも参加ができなくて。だから、今日は午前中からの予定で、やったー!!　ってなったよ」

晴真は一通りの説明を終えると、今一度喜びを示すように、士郎に抱き付く。

小学生たちの全日本大会は、九月の上旬からまずは地区大会が始まる。

東京だと区大会や市大会のブロックリーグがこれに当たるので、練習に余念がないのは確かだろう。こうした集まりに参加することが、少しでも息抜きになるといいな、と士郎も思うので、結局は「はいはい。わかったわかった」で背中をポンポンして返した。

しかし、これを見ていた樹季が、突如として士郎の腰回りに抱き付く。

「晴真くん。嬉しいのはわかるけど、士郎くんは僕のお兄ちゃんだからね」

「俺のにーちゃんでもあるぞ！」

「なっちゃもよ～っ」

樹季に続けとばかりに武蔵と七生までもが抱き付いてくる。

これには晴真もかたなしだが、付き合いが長い分だけ、こうしたときの弟たちへの対応は心得たものだ。

「わかってるよっ！　でも、ちょっとくらい許せよ、樹季。恩に着るから～」

「しょうがないな～っ。特別だよ」

「やった！　ありがとう」

「ふふふっ」

士郎に関しては、すぐ下の樹季を味方につければ、まず問題ないとわかっているので、さっそく名指しで許可をとる。

だが、わざと絡んで恩を売っているとしか思えない樹季の「ふふふっ」を見ていると、士郎は小さく溜め息を付き、それを見ていた充功は今にも吹き出しそうになっていた。

――この程度で恩を感じていたら、晴真は一生樹季に頭が上がらないな。

ただし、似たり寄ったりのことを考えていたのは、士郎や充功だけではなく、その友人たちも一緒だ。

「あーあ。昨夜のブログを読んでから、晴真がこうなることは想像してたけど、軽々と超えてきたな」

「うん。でも、そりゃそうだよね。僕らはまだオフライン塾に参加できたから、毎日士郎くんと会ってたけど。晴真くんは、練習でタイミングが合わなくて、お見舞いも行けなかったんだから」

それでも晴真同様、士郎が好きで、リスペクトしまくりの大地と星夜は、「わかるわかる」と頷き合っていた。

だが、中にはすぐにでもここへ来た本題に入りたい者たちもいて、

「それで、士郎くん。私たちは何をしたらいいの？」

「祭りの準備の手伝いって、子供でもできるのか？　あれって、大人が全部やるんじゃなかったのか？」

浜田たちのうしろのほうからは、別の男女の声がした。

「うん。本当はそうなんだけどね。でも、みんなすごく忙しくて、溜まっちゃった仕事があるんだって」

「そうなんだ」

士郎は答えながらも、早速自治会館の扉を開いた。

玄関フロアに置かれた長テーブル上の来館者名簿に、時間と名前を記入する。

エリザベスには、いったんここで「待て」だ。

「充功。あとのこれ、お願い」

「おう」

書き終えると、エリザベスのリードとペンを充功に渡して、ここへ来た子供たち全員の名前の記帳を頼む。

そして、奥のミーティングルームへ進んで行くと、そこには三十人は座れそうな作業用の長テーブルとパイプ椅子が用意されている。

すでにエアコンも入っており準備万端だ。先ほど鍵を開けて、荷物だけを置いて帰ったという増尾が、気を遣ってくれたのがわかる。

士郎のあとに入ってきた子供たちが、口々に「涼しい」「気持ちいい」とニコニコだ。

「それでね。僕たちでもできそうなことがあればな――と思って。これなんだ」

「――折り紙？」

「これって、お花作る薄紙？」

士郎が「これだよ」と材料を指差すと、見覚えのある品々に、浜田や柴田が声をあげた。

「うん。掲示板とか櫓《やぐら》とかステージとか。ちょっとしたところの飾り付け用なんだけど、去年まで使っていたのが古くなったり、破損していたりするから、その補充分。あとは、イベントタイム用のゲームを考える」

ここで士郎が、昨夜のうちに自分が引き受けたお手伝い内容を改めて説明した。

「え!?　そしたら、お楽しみ会の準備と一緒でいいの？」

「確かにこれなら、私たちにもできるね」

「輪つなぎなら俺でもできる！」

「なんだ、簡単じゃん。それなのにお祭り係の大人は溜めちゃったの？」

あとに続いて入ってきた子供たちも、次々に声を上げる。

「そこは逆に、簡単だからあとですぐできるだろうと思って、先に難しいことから取りかかっちゃったんだよ。でも、これって簡単だけど、手間も時間もかかるでしょう」

「なんか、夏休みの宿題みたいだな」

「いや、宿題は簡単じゃないし」

「そもそも晴真は、あとも先も関係なく、宿題やってないだろう！」

「あ、バラすなよ！　士郎に怒られるじゃないか」

士郎の説明に晴真が声を上げるも、そこはすぐに他の男子たちから突っ込まれる。

見れば、晴真同様、サッカー部の男子たちもいる。午後は練習があるだろうに、やはりたまには部員以外の友人たちと一緒に、別のことがしたかったのかもしれない。

士郎はそんなことを考えながら、晴真たちをジッと見る。

「ほら、怒ってる！」

「怒ってないよ。どうせ今年もだろうな～って思っていたのが、当たった！　ってなっただけ」

「そう言うなよ～っ」

毎年のこととは言え、あまりに代わり映えしないので、かえっておかしくなってくる。

「晴真くん、宿題持ってお泊まりに来るの？」

「へへへへっ。よろしく、樹季」

「しょうがないな～。そしたら僕たちのお部屋に、お布団敷いてあげるね」

「ありがとう！」

そうして晴真は、また樹季相手に恩に着ることになる。

(いつかまとめて、すっごいわがままを聞いて聞いてって言われそうだな)

これも目に浮かぶような光景だ。

遠目から見ていた充功や友人たちも、苦笑いをするしかない。

「とにかく、やることはわかったら、始めよう」

それでも時間は有限だ。

士郎は早速手分けをして、用意をされた分の輪つなぎと紙花作りをスタートさせた。

子供たちは各々勝手に用意された長テーブルに座り、作業を開始する。

と、ここで俺の出番だとばかりに、充功が声を上げた。

背後には、今日も佐竹と沢田が来てくれている。

「そしたら、樹季。ちびっ子たちは、まとめて俺たちが遊んでやるから、お前らも来いよ。ってか、何したい？　公園まで行くか？」

しかし、ここで樹季たちがお手伝いを主張した。

「えーっ。輪つなぎなら僕や武蔵もできるよ」

「輪っかの糊《のり》をペタンだけなら、七生でもできるよ」

「なっちゃも～っ」

当然、他にも武蔵から七生くらいの年の子もいる。

充功はどうしたものかと、沢田や佐竹に視線を送る。

「そしたら、飽きるまで一緒にやらせてやれば？　どうせ子守するのは一緒なんだから、俺らがちびっ子たちの作業を見てやればいいじゃん。和室の座卓《ざたく》なら、七生でも背が届くだろうしさ」

「そうそう。遅くても、少しでも、漠然と遊んでるよりは、輪っかが増えていくほうが、ちびっ子たちも手伝っている気になるだろうしさ」

「――え？　お前らがそれでいいならいいけど。でも、みんな手伝いでいいのか？」

どう考えても、一緒に遊ぶよりも、お手伝いを見守るほうが面倒くさそうだが、沢田と佐竹は心が広いのか、実際の大変さが理解できていないのか、しれっと言った。

だが、こうなると意見を求めた手前、充功も他のちびっ子たちにどうしたいかを聞いていく。

「がんばゆーっ」

「あたちもーっ」

「ぼきゅもーっ」

「はーい」

この瞬間、座敷は保育・幼稚園の工作時間に突入決定だ。

外で鬼ごっこでもしているほうがまだ楽そうだが、やる気満々の幼児から一年生くらいの子たちに両目をキラキラされては、充功も覚悟を決めるしかない。

「そっか。なら、そうするか。あ、でもハサミは使わせないからな。紙は俺たちで切ってやるから、それを糊で貼ったり、あとは紙の花を開いたりするだけだぞ。あ、こうなったら、樹季は俺たちと一緒に紙切りと花折りの手伝い。武蔵は七生の手助けな」

「はーい。任せて、みっちゃん」

「七生、一緒に輪っか作るからな」

「あいっ！」

次々と役割分担を決めて「ほれほれ」と全員を和室へ移動させていく。

　昨夜は麻雀で盛り上がっていた一室が、今日はちびっ子たちと中学生でわちゃわちゃになっていく。

「充功くんって、保育園の先生みたい」

「お兄ちゃんたち優しい～っ」

「カッコイイ～っ。あ～、連れてきてよかった～っ」

　それでも家に置いてくるわけにもいかず、弟や妹を連れてくるしかなかった兄や姉たちは、今だけは子守から解放されるとあって、笑顔で輪っか作りや花作りに勤《いそ》しみ始めた。

　家に大人が居るか居ないかはさておき、夏休みが苛《か》酷《こく》なのは、何も親たちだけではない。必然的に下の面倒を見ることになる上の子たちにとっても、これはこれで大変なのだった。

＊　＊　＊

　作業を始めてから一時間が経った頃だった。

（うん。よかった。みんなイイ感じ。この分なら、コメント欄で心配になった、親の威《い》を借りたマウント合戦みたいなものは、起こらなそうだな。やっぱり相手が目の前にいたり、やることがきちんとあったりして、楽しい時間が過ぎている分には、自分自身もそれを維持するために、自然と調和を維持する言動になるのかも）

士郎は周囲を見ながら、人知れず安堵していた。

(逆を言えば、閑で満たされていないと、無意識のうちにこれらを埋めようとして。一番簡単かつ手っ取り早い方法として、他人を自分の下へ置いて気持ちを満たす——みたいなことをしちゃうのかもしれない。自分の満たし方がわからないから。でも、それがわかれば、また行動できれば、自分で自分を癒やせるってことだよな。——あ、エリザベスが完全にスリープモードだ)

また、手首に付けた翻訳機に視線を落とすと、玄関で待機のままになっていたエリザベスは、子守に呼ばれなかったためか、すでに寝てしまっていた。

これはこれで気持ちよさそうだ。

翻訳機の画面には「安眠中」と表示されている。が、急に目を覚ます。

(?)

玄関先から物音が聞こえて、誰かが来たようだ。

「おはようございます」

「おはよう。玄関にエリザベスがいて、ビックリしたけど、可愛かった」

——そう言えば、今日は来られなくなったのかな？　急用かな？

などと思っていた智也と父親が揃ってやってきた。

手には大きな紙袋を持っている。

「あ、智也くん。お父さんも」

「遅くなってしまって、ごめんね。智也から飾り作りの他に、イベントタイム用のゲームをって聞いたから、あれこれ話して、準備をしていたら出るのが遅れちゃって」

そう言って九が手にした袋を持ち上げて見せてきた。

「え？　そうしたら、ゲームを考えてきてくださったんですか」

「俺も一緒に考えたんだよ。最初はクイズとか。でも、途中でお父さんが、お祭り会場で、それも多分大勢が一度にやるゲームかもしれないから、そうしたら簡単なルールで参加者の年齢別に難易度を変えられるようなものもいいんじゃないかな——って言って」

智也も嬉しそうに、説明をしながら持参した荷物を空いた長テーブルへ置いた。

この分だと、メールで知らされていた以上に、家内は円満なようだ。

「——あ、それはあるかも」

「だから、大人も子供も関係なく参加できるような、その場でどこまで覚えられるかな的な優しい記憶問題から超難問とか」

士郎と智也が話をしていると、どれどれと星夜や大地も寄ってきた。

充功も気になるのか、座敷のほうから顔を覗かせている。

「でも、超難問だと、参加者から嫌がられないか？」

「そこは少しずつレベルアップをして、最終的にみんなで〝おお～〟ってどよめいて、盛り上がるんだよ。みんなで参加できる簡単なのもいいけど、これはすごいもの見たな――みたいなのも、お祭りには欲しいだろう」

「あ！　ようはカラオケとかで、突き抜けて上手い奴が出てくると〝おおおお〟ってなるパターンか」

「それ、わかる。ってか、僕はもう、士郎くんが次々と頭よさげな大人たちを相手に、圧勝していくところしか想像できないし、それが見たい！」

そうして大地が手をポンと叩き、星夜が妄想を口にしながら目を輝かせると、側に座っていた水嶋たちも釣られたように席を立った。

「見たい！　私も士郎くんの、なんかよくわからないけど、すごいところが見たい!!」

「俺も！　いっそドラゴンソードバトルができたら、伝説のはにほへたろうの降臨《こうりん》が見られるのにな！」

「晴真くんってば！　それ、もうお祭りのゲームって言わないいじゃん」

「堅いこと言うなよ。祭りは盛り上がるが正義だろう！」

「そうそう。こうなったら、士郎を担《かつ》いでわっしょいしょいだ！」

当然、晴真や他の女子たちも次々に話に参加してくる。

その様子は、教室にいるときのようにみんなが楽しそうで、盛り上がっていたが、常に話のネタにされる士郎からすると、相変わらず巻き込まれている感しかない。

それでも智也がこうした輪の中にいるところは、学校ではほとんど見たことがなかった。

それを考えると、止める気にはなれない。

「わっちょ！　わっちょ！」

しかも、座敷のほうからは、七生がどこから見つけてきたのか、「祭」の文字が入ったうちわを手にして、こちらまでやってきた。

「そうそう、七生。その調子だ」

「なっちゃ、わっちょ！」

「俺もわっしょい！」

輪っか作りのお手伝いはどこへいったのか、うちわをパタパタする七生を応援しながら、武蔵まで付いてきた。

「ふふふ。士郎くんが怪我して、お祭りのことなんてすっかり忘れてたけど、楽しみになってきちゃった。ね、士郎くん」

かと思えば、いつの間にか樹季まで和室から出てきて、隣に立っていた。

すっかりその気になっている七生や武蔵を見ながら、ニコニコしている。

（――いや、僕としては昨日の時点で、楽しみとか、そういう次元は超えてるんだけど）

昨夜のドタバタから一変して明るいお祭りムードだが、士郎からするとここでも溜め息が漏れそうだ。

するると、今度は九が側まで来て、声をかけてくる。

「なんか、ごめんね。おじさんたち、勝手に変な企画を考えてきちゃったかな?」

「いえ。そんなことはないです。お気遣いをありがとうございます。それに、本当なら休みの日ぐらい、しっかり休みたかったでしょうに。すみません」

「今まではそう思ってきたんだけどね。でも。みんなのお父さんやお母さんは、休み返上で頑張ってるんだろう。おじさんのところは、それに気づくのが遅くて、申し訳なかったよ。でも、これからは、できる限り頑張るから、よろしくね」

照れくさそうにしつつも、子供たちの中心で話をしている智也を見る目は、やはり嬉しそうだった。

「はい」

士郎も快《こころよ》く頷いて見せた。

目の前を七生がお尻を振りながら、「わっちょ、わっちょ」とうちわをパタパタしながら歩いている。

同じ自治会館内だというのに、昨夜の凍り付くような雰囲気は微塵もない。

まるで別の場所にいるようだ。

「そうだ、士郎! ちょっとこれやってみてくれない?」

智也がそう言って、手荷物の中からスケッチブックを取り出した。

「何をするの？」

「紙に書かれた数字、百桁のうちを、三十秒で何桁まで暗記できるかのゲーム。一番多くの桁を覚えた人の勝ち～ってなる」

「――今？」

単純明快な暗記のゲームだが、士郎からするとその数字は見た瞬間にカメラで写したように覚えてしまうので、どうしたものかと思う。

「見本に作ってきたから」

「なら、俺もやってみたい」

「私も！」

しかし、この手のゲームは一度に複数名が参加できることから、大地や浜田たちが手を上げた。

「そしたら、参加する人はメモと筆記具をもって。数字を見ながら書いたら駄目だよ。俺がスケッチブックを閉じて、スタートって言ってからね」

「は～い」

結局、その場にいたクラスメイトたちの六人くらいが、この場に備品として置かれているメモ用紙とペンを手にして、ゲームに参加した。

「では、暗記タイムスタート！」

一応、士郎も紙とペンを渡されたので、一緒に参加した。

だが、智也が数字の書かれた大きなスケッチブックを開いた瞬間に、士郎はそこに書かれていた百桁の数字の意味に気がついた。

「ストップ！　では、書き出して」

そうして、三十秒後にスケッチブックが閉じられる。

大地や星夜、浜田や朝田たちは、一桁でも忘れないうちに——と、急いでメモに数字を書き出していく。

「えっと……、電話番号くらいまでなら、どうにか？」

「それが一番、馴染みがあるもんね」

しかし、水嶋や朝田はかなり苦戦したのか、七桁や十一桁を書くと手が止まった。

「おっ！　大地すげえ。けっこう覚えてるじゃん」

「それこそ、電話番号を覚えるみたいに区切りながら覚えようとしたんだけど、それでもこれが精いっぱいだった」

晴真が覗くと、大地がかなり頑張っていた。

しかし、それでも二十二桁ほどでペンが止まっている。

携帯番号で二件分だ。この辺りで、普段使いが家電話なのかスマホなのかもわかる。

「私は覚える側から忘れていく感じ？　結局最初の十一桁分。その先に行くと、頭から忘れちゃう」

柴田があまりの書けなさに自分でも驚いていたが、そこは浜田や星夜も同意していた。

（そりゃ、人差し指で画面をタッチするだけのスマホ世代じゃ、覚えも悪くなるよな。そもそも電話番号だって、一度登録したら、あとはワンタッチだろうし）

だが、士郎はこの状況を、特に不思議だとは思わなかった。

覚えるものが文字ならまだ文章として頭に残りやすいが、単純に並んだ数字だけを見て記憶するのは、むしろ難易度が高い。

山手線ゲームのように、徐々に数字が増えていく、またリズムに合わせて覚えていくなら、もう少しいけるのではとは思うが――。

「士郎くんは？　え、まだ何も書いてないじゃん」

「士郎に限って、俺より覚えてないはないだろう!?」

ただ、士郎がペンを持ったまま、何も書き出さなかったからか、手元を覗き込んできた浜田と大地が声を上げた。

士郎は仕方なく、なぜ書かなかったのかを説明する。

「うん……。それが、今の百桁って、最初の3と小数点を消してるけど円周率でしょう。僕、それはもう覚えてるから、ゲームにならないかなって」

「円周率!?」

「え！　わかっちゃっただけでなく、覚えてるの？　五年生の算数で習うやつだから、士郎なら知ってても不思議はないけど」

　すると、浜田は首を傾げていたが、智也はとても驚いていた。

「そしたら、それでもいいから書いてみてよ！」

「うんうん。士郎くんが書くのと、本当にスケッチブックの数字と合ってるのかを、まずは見てみたい！」

　とにかく士郎が、本当に覚えているのかを知りたいのだろう。

　士郎は、水嶋や星夜に強請《ねだ》られると、

（まあ、百桁くらいなら〝すごい〟で終わるか。五百種類以上あるゲームのカードを覚えている子供だって、いくらでもいるしな）

　手元のメモにサラサラと百桁の数字を書き始めた。

「うわ～。適当に書いてるようにしか見えないんだけど」

　一度もペンを止めることなく書き終えたそれを見て、とうとう佐竹たちまでもが様子を見に和室から出てきた。

「そしたら、俺が読み上げる。智也、確認して」

　そう言った大地に、士郎が書き終えたメモを手渡す。

「うん。みんなで見るから、ゆっくりね」

「了解。いくよ。１４１５９２６５３５、８９７９３２３８４６、２６４３３８３２７９、５０２８８４１９７１、６９３９９３７５１０、５８２０９７４９４４、５９２３０７８１６４、０６２８６２０８９９、８６２８０３４８２５、３４２１１７０６７９」

そこからは、智也が再び開いたスケッチブックの数字を、大地の読み上げを聞きながら、目で追っていく。

これには九も興味津々だ。どれどれと、一緒になって見ている。

「——あ、合ってる！」

「すご〜い、士郎くん！　百桁も覚えてるの⁉」

ピタリと合ったときには、拍手と喝采《かっさい》が起こった。

特に浜田と水嶋は興奮気味だ。百桁でこれでは、一万桁までなら見たことがあるから覚えているよ——と言った日には、どんな反応をされるのか恐怖でしかない。

「前に、なんとなく覚えていただけだよ」

「なんとなくだとしても、すごいよ。どうやって覚えるの？」

あまりに自分たちとは桁違いだったからか、朝田が真剣な眼差しで士郎に聞いてくる。

だが、まさか「見ただけで覚えちゃうんだよね」とも言えないので、士郎は自分が一般的に覚えやすそうだと思う方法を話すことにした。

「うーん。多分、今大地くんが十桁ずつ区切っていったみたいに、自分が覚えやすい桁で区切っていく？　そこに、適当なリズムをつけて、歌を覚えるみたいに。中には語呂《ごろ》合わせで覚える人もいるけど、僕は英語の歌を意味もわからずに聞き覚える感覚だったんじゃないかな？　たぶん、勉強としてでなく、遊びとして覚えたら楽しく記憶できるパターンなんじゃないかと思うよ」

「それって、ＡＢＣの歌を数字に変えるみたいな感じ？」

「――そっか」

「――あ。うん、なんかイメージできるかも。歌えそうな気がするし、ずっと繰り返してたら、覚えられそう」

すぐに反応した大地の意見を聞いて、実際脳内で想像したのだろう。

浜田と柴田が顔を見合わせて、頷いていた。

すると、そこへゲームには参加しなかった晴真が、突然胸を張って言い切った。

「でも、よく考えたら、俺の大親友の士郎は、一晩でドラゴンソードのルールと五百体以上のモンスターを覚えちゃった、伝説のムニムニ使い〝はにほへたろう〟様だからな！　百桁覚えてても、そりゃそうだよってなる！　千桁覚えてても、俺は驚かないね！」

「晴真、いきなり親友から大親友になってるし～っ。けど、そしたら俺は、空いた親友のポジションがほしいな！」

あまりの言いっぷりに、大地がはしゃぐ。

「そっか！　晴真くんが大親友になったら、今は友達の僕らが、親友って言えるようになるかもね」

　こうなると、記憶問題も円周率も、どうでもよくなるのが大地や星夜だ。

　そして、それを見ていた浜田たちも、自然と気がそれていく。

「いいな～、男子。女子だと頑張っても友達か彼氏かになっちゃう。そう思わない？　麗子」

「いや、彩愛。クラスメイトで止めておかないと、どこで恨まれるかわからないよ」

「というか、三奈。そもそも晴真くんは、士郎くんで自慢にしていいのかな？」

「気にしたら負けだよ、紀子。大親友だからありなんだよ」

　四人でキャッキャし、ワイワイし始めた晴真たちを見ている。

　しかし、こうした晴真たちのノリには、もともと入っていくことのない智也は一歩引いて眺めているだけだ。が、士郎には躊躇をしているだけで、実は入りたいのかな？　と思わせた。

　すると、そんな智也に九が歩み寄って、問いかける。

「ドラゴンソード？　はにほへたろうって？」

　どうやら初めて聞く単語に戸惑ったようだ。

「ドラゴンソードは、対戦型のカードゲームのことで、オンライン対戦もできるようになってる。登録したら無料版でも遊べるんだ。あと、人気があるから日曜の朝にアニメ化もしているよ」

智也が羽織っていた上着のポケットから、スマートフォンを取り出す。

画面にホームページを出して、これが人気ゲームであることを父親に説明していく。

「ああ、こんな遊びがあるんだね。しかも、モンスターが、本当に五百体以上もいるんだ。しかも、ルールも何通りかあって……。これを全部覚えるのか？」

「そうだよ。でもって、はにほへたろうは、士郎が使ったプレイネーム。たった一回しか対戦してないけど、それで全国大会ベストフォーの大学生を倒したことで、オンラインゲーム会では伝説のプレイヤーになったんだ。今でも多分、動画サイトに対戦が残ってるんじゃないかな」

「いろいろすごいんだね」

「本当だよね。士郎のすごいは、桁違いだよ」

この分だと、今後も士郎は九家で話題にされそうだが、それで親子が笑い合えるなら、士郎も「まあいいか」だ。

そうこうしているうちに、「お花が半分までできたよ」やら「輪つなぎの折り紙も、あと半分くらいだな」などといった声が上がる。

そこへ今度は増尾と岡田がパンやお菓子、ペットボトルの麦茶などで満たしたコンテナを持ってやってきた。

「やってるか！　ちゃんと水分はとってるか？」

「差し入れを持ってきたぞ。焼き立て惣菜パンにお菓子だぞ」

「あ！　和菓子屋さんとパン屋さんのおじさんだ」

士郎は、改めて顔を合わせて、会釈し合う大人たちを見たら、少しドキドキした。

智也にも頼まれているし、必要ならば間を取り持つつもりで席を立つ。

「ああ！　九さん。先ほどはどうも。さっそく来てくださって、ありがとうございます」

「それでどうです？　なんかいいアイデアはでましたか？」

「息子とゲームをいくつか考えてきて、今、試しにやってみてもらったところです」

すると、大人たち三人は、思いの他すんなりと立ち話を始めた。

どうやら九が朝のうちに挨拶へ行くか、電話の一本も入れたのだろう。

もしかしたら、今日の手伝いに必要な物の確認か何かしたのかもしれない。

いずれにしても、これなら士郎が変な気を遣う必要はなさそうだ。

「士郎くんがすごいって、盛り上がってたよ〜っ」

「円周率バンバン言っちゃうんだよ」

新たに現れた大人二人に、子供たちが声を上げる。

「円周率？」

「これだよ！　百桁もあるのに全部覚えてて、すらすらすら～って」

「え⁉　これ――暗記してるの？　すらすら言っちゃうの？」

「さすがは士郎くん。普段からすごいってわかってるけど、こういうのを見ると改めてすごさの意味がわかるね」

「本当だ。俺なんか、3．14までしか覚えてないや」

話題こそ円周率やら士郎だが、席を立った子供たちの目は、美味しそうな差し入れに釘付けだ。

和室にいたちびっ子たちも、いつの間にか兄弟の元へ戻っており、差し入れが配られるのを順番に待っている。

「でも、お家にいたら、もっといっぱい言ってるよ」

しかし、ここで士郎の側にいた樹季が、岡田たちに話しかけた。

「ん⁉」

「僕が眠れない～ってしてたら、これを聞いてたらすぐに眠れるよって。3、1、4から始まる数字をずーっと、ずーっと言ってたもん！　ね、士郎くん」

「いや、それは……。こんなところで、話さなくていいよ」

「ほうほう。それでそれで」

いきなり何を言い出すのかと士郎が止めるも、樹季は岡田から惣菜パンを渡されて、懐柔《かいじゅう》されていく。

「僕、羊数えるより、目がパッチリしちゃったの覚えてるんだ。あと、みっちゃんがふざけて悪戯《いたずら》したときも、ガミガミ怒るなよ！　って言ったら、代わりに一時間くらいこれの数字を言ってた～。怒ってないよ～、勉強してるだけだし～って言いながら。でも、本当はいっぱい怒ってた～っ」

「樹季っ！」

「えへへへっ！　バラしちゃった～っ」

樹季としては面白おかしい話なのだろうが、人が聞いたらどう思うか!?

士郎は想像力が豊かすぎて、被害妄想を起こしそうだ。

「いっちゃん！　しろちゃん怒らせたら駄目だよ、これからずっと寝るとき言われちゃうじゃんっ。俺、羊のほうがいいよ」

「なっちゃよ～」

「七生がいっぱい増えたら、もっと寝られないよっ」

「ひっちゃ～。いっちゃ～。みっちゃ～」

しかも、士郎の態度から樹季が不都合な話をしていることだけはわかるのだろう。

焦った武蔵が樹季を注意するも、そこへ七生が適当に言葉を続けたものだから、ますますおかしな話になっていく。

そもそも武蔵の発言が士郎にとっては、何一つフォローになっていないのに――。

「あっははは。これだから士郎くんのところの話って、何聞いてもおかしいんだよね」

「七生くんが一人、七生くんが二人とか――、確かに可愛くて寝れないよ！」

「それより寧くん、双葉くん、充功くん……って続くのも、やばくない？」

「目が冴えて眠れないか、パラダイスの夢を見るわ～。やだー！　今夜数えちゃおっ！」

武蔵や七生の話を真《ま》に受けた浜田や水嶋たちは、いったいどんな想像をしているのか？

配られ始めたパンや菓子を手に、今度はこの話で盛り上がり始めた。

士郎まで、今夜は変な夢を見そうだ。

だが、そんな中でも、兎田家の状況を正しく理解し、笑っていた者たちもいる。

「ふふっ。怒る代わりに円周率をこれ見よがしにぼやかれるって、どんな罰ゲーム？」

「ぶはははははっ！　想像しただけで充功が真っ青になってる姿が目に浮かぶ！」

沢田と佐竹だ。

なぜか二人は、できたてホヤホヤだろう輪つなぎを首からかけている。

「いや、笑いごとじゃねぇよ。お前、脈略もなく数字だけを側で淡々と呟かれてみろ？　ぶっちゃけ、お経《きょう》のほうがまだ聞き応えもあるし、御利益ありそうで開き直れるぞ」

友らに必死で訴えるも、士郎は（それなら次からはお経にするまでだ）と開き直るしかない。

「気にするなよ、士郎。俺たちは士郎がすごいってことだけは、わかってるからな！」

「大親友だしな！」

（なんか、嬉しくない理解のされかただ）

それでも今日の自治会館内は、終始笑い声が絶えなかった。

常に誰かが笑顔になっていたので、士郎は全部まとめて「まあいいか」としたが、

「くぉ～ん」

活躍の場がなく、ずっと惰眠《だみん》を貪《むさぼ》ってしまったエリザベスだけは、何やら物足りなそうだった。

6

予定していた自治会館での作業分は、昼過ぎには一区切り着いた。

しかし、その後も当日のゲーム案などの話で盛り上がり、それが一段落すると、ここからは町内で一番大きな公園へ移動した。

野球もできそうな大きなグラウンドが隣接しているこの第一公園が、祭りの会場となる。

前日の金曜日からは櫓《やぐら》も組まれて、飾り付けも始まり、いっそう気分が盛り上がってくることだろう。

だが、代わりに出入りも制限されることになるので、充功たちは今のうちとばかりに、エリザベスを走らせ、ちびっ子たちも遊ばせてくれた。

また、お手伝いの延長もあり、話題は自然と当日予定されている催《もよお》し物や山車、子供神輿などといったものも多くなった。

士郎はそれとなく聞こえてくる会話に、否応なしに敏感になる。

（ん？）

すると、「ここのお祭りは盛大で嬉しい」「町内祭にしては豪華だよね」「自治会もしっかりしてるしね」などといった話から、町内会費や予算、寄附といったことへ話題が広がっていくのが耳にとまった。

「それにしても、雛子ちゃん家は毎年一番寄附してですごいよね。今年もなのかな？」

「それを言ったら、お父さんがお店やってたり、社長さんだったりする家はいつもすごいよ」

「税金対策もあるんじゃない？」

「そんなのあるの？」

「あるってお母さんたちも話してたよ。きっと税金で取られるくらいなら、お祭りに寄附する方がいいもんねーって」

「そうなのか～」

話していたのは、もとから公園で遊んでいた女子たちと合流した浜田たち四人組だ。

普段から母親との会話も多い子たちが集まったためか、会話にも影響が見え隠れしている。

「ところで、あの寄附お札の掲示板って、あいうえお順とかじゃないよね？　同じだけ寄附してても、いつも最初に雛子ちゃん家がババンって。やっぱり地主だから？」

「前からそうだから、気にしたことないな～」

「でも、塾のテスト結果でも、同一点数はあいうえお順で同位扱いだったりするじゃん？　だから一位でも五番目に書かれて絶対に単独一位以外は一番上にこないのに、お礼のやつはいつも雛子ちゃん家が——って。他の会社とかお父さんとか可哀想じゃない？」

「あー。それを言われると、見方が変わるかもね」

するとと、青年団でも頭を抱えていた掲示順がらみの話も飛び出した。

可哀想だと言ったのは、士郎は同じクラスにはなったことのない渡辺《わたなべ》という女子だったが、この話には随分力が入っている。

「でもさ。これまでの合計金額で順番を決めてたら、どこも雛子ちゃん家は越せないんじゃない？　だって最初のお祭りのときから、一番寄附してる家なんて他にないだろうし」

「確かに！　これこそ地主家ならではだろうし」

「えー。けど、それだと最近頑張って寄附してるところが可哀想じゃない？　絶対に越せないルールが最初からあるとか、無理ゲーみたいじゃん」

「気にしすぎってことは？」

「だって、親戚のおじさんが頑張って、ここ何年も最高額を寄附してるのになーって、つい思っちゃって」

「身内か！　けど、そうか。親戚のおじさんや自分の親が頑張ってたら、なんでよーって考えちゃうかも」

——なるほど、そういうことか。

士郎は、彼女が掲示順にここまで拘《こだわ》るのは、親が青年団を困らせていた者の一人なのかと思ったが、そういうことではなかった。

単純に、子供だからこその率直な思考であり感想だったのだ。

「でしょう！　本当、あの順番どうにかならないのかな？　三奈ちゃんのお父さんって、貼るほうの係なんでしょう？」

「どうなんだろう。三奈には、わからないよ」

「そうなんだ。なら、三奈ちゃんからもお父さんに……」

「それより、渡辺ちゃん。親戚のおじさんって、あいうえお順になったら、ババンってトップに名前載せてもらえる苗字とか会社名なの？　相川《あいかわ》さんとか、そういう感じの」

「え？　あ――、どっちもワ行だ。うちと同じ渡辺家だし渡辺興業だから」

「やだ！　それこそ無理ゲーじゃん！　たとえアルファベット表記になってもW《ダブリュー》だし、相当後ろだよ？　あ、せめて名前がA《エー》さん？」

「わーっ、本当だ。恥ずかしい。今のは忘れて、ごめんっ！　しかも名前も〝わたる〟とか、完全に終わってた。三奈ちゃん、本当にごめん！　間違ってもお父さんに言わないでね」

「う、うん。大丈夫。気にしてないし、言わないから」

「まさに、WWW！　すごい、おかしいっ！　それ、ギャグ過ぎるよ！　もう、涙でできたっ。今年一番の笑いかも！」

とはいえ、この場は灯台もと暗しのようなオチが付いて、笑い話になっていた。

特に、柴田のさりげない突っ込み質問から浜田が大受けするまでの流れが秀逸《しゅういつ》で、この場の誰一人嫌な気分で終わっていないのが、士郎としては拍手喝采だ。

ちょっと尖り気味で憤慨していた渡辺自身も即座に反省しており、また父親が関わっている話題のためか、少し肩身が狭そうだった水嶋も救われていた。

見ていてとても気持ちがよくて。士郎も自然と笑みが浮かぶ。

（みんながみんな、あんな感じだったらいいのに。それにしてもな〜）

ただ、今の話を耳にしたことで、こうした順列に愚痴が出るのは、何も寄付者当人からだけではないのだ――と、知ることができた。

むしろ、当人より周りが勝手に愚痴る題材にし、余計なお世話でクレームを入れている可能性だってある。

（青年団にくる相談や愚痴が、すべてこんなノリなんだとしたら、そりゃ青年団のお父さんたちも、まともに対応していられないよな。仮に掲示順を〝あいうえお順〟に変えても、愚痴る人はいるだろうし。それなら、下手《へた》に従来のやり方は変えずにいるほうが、伝統がどうこうで言い訳がきく。それに、もしかしたら本当に過去からの寄附金累計額で並べていて、狸塚家トップでババン！　なのかもしれないし。それで、これに関しては先送りというか、放置ってことにしていたのかも）

しかし、この件に関しては、無理に弄《いじ》らない。現状維持が正解でいいんだと、納得ができたときだった。

「士郎くん」

水嶋が、そろそろ帰ろうか――と動き始めた女子グループを離れて声をかけてきた。

「――どうしたの？」

「この前は、パパがありがとうね。あと、お手伝いのこととか、士郎くんが上手く言ってくれたから、パパたちがサボってたってバレてないし。ただ、三奈のパパには、まだ悩んでることがあって……」

「悩んでること？」

今度は何事だろうと思うも、浜田たちが「三奈」「どうしたの？」と声を上げている。

「ごめん！　あとでメールさせて。パパは誰にも言っちゃ駄目だよって言ったけど、やっぱり三奈、心配だから」

「――わかった」

三奈は手を振り、浜田たちのほうへ戻っていった。

すると、全員で士郎に向かって「そろそろ帰るね」「ばいばい」と声をかけてくる。

「はーい！　気をつけてね！　今日はありがとう」

士郎もそれに手を振り、笑って返した。

すると、それを合図に、充功たちも「そろそろ帰るか」と声を掛け合う。

これに樹季が「はーい」と返せば、本日は撤収だ。

(子供に口封じをするくらいの悩み？　なんだろう？)

疑問を残しつつも、今日も一日があっという間に終わる。

(あ、そうだ)

それでも士郎は帰宅後には、一人でこっそり裏山へ向かった。

ペットフードという供物を届けに行ったのだ。

「みんな、お供え物を持って来たよ——あ、クマさん」

すると、丁度氏神も見回りの休憩中だったのか、洞の中に収められたクマの縫いぐるみに憑依し、野犬や野良猫たちと戯《たわむ》れていた。

「おう、童《わらわ》！　供物か、すまないのお」

「どういたしまして」

士郎は氏神のクマ姿を久しぶりに見たが、おかげでクマリーマンの印象が強くなるばかりだった。

こればかりはテディベアが動いて可愛い——よりも、苛酷な任務を笑いで蹴散らしているようにしか思えなかったからだ。

夕飯後――。

オープン特価のドーナツに未練があったようで、双葉がこれを買ってきた。

朝から一日遊んで、お昼は惣菜パンや和菓子をもらって、夜にはお土産ドーナツがあり、樹季たちは終始ご機嫌だ。「半分はまた明日にしようね」などと自分たちで決めつつも、リビングテーブルでは、選んだ三種類のドーナツをまずは半分に、そしてその半分を更に三等分にして、それぞれの味を武蔵や七生と分け合って楽しんでいる。

士郎は、そんな様子を見ながら、リビングのパソコンでメールチェックをした。

そして、先ほど「あとで」と言っていた水嶋からのそれを読むと、思わず両目をカッと開く。

（――え？　ええ～っ？）

まったく想像もしていなかった相談内容だったことから、かなり驚いた。

思わず、普段はしたこともない二度読みもした。

ただ、これならどうにかできるのではないか？　という内容だったのもあり、士郎はこの場では「わかった。いい方法を考えてみるね。心配しなくて大丈夫だよ」とだけ返した。

（あ、智也くんからも来てる。へ～っ）

そして、他にも届いていたメールすべてに目を通し終えると、パソコンの画面を閉じて立ち上がった。

そこからは充功や双葉、寧のいるダイニングテーブルへ戻り、本日の報告会に加わる。

コーヒーや紅茶といった好きな飲み物を淹れて飲みつつも、士郎が寧と双葉に今日一日のことを話すと、充功が途中で幾度となく茶々を入れてきた。

これはこれで、いつものパターーンだ。

そして颯太郎はと言えば、昨夜宣言したとおり、青年団の手伝いで外出中だ。

今夜は最寄り駅方面の見回りで、遅くまで子供が遊んでいないか見に行っている。

「へ～。今日の集まりでは、そんなことがあったんだ。切羽詰まって、ピリピリしないか心配だったけど、楽しそうで何よりだったな。智也とお父さんも、すっかり周りに馴染んでるみたいだし」

士郎が一通りの話を終えると、双葉は買ってきたドーナツを頬張りながら、満足そうに答えた。

「うん。今も智也くんからメールが来ていて、なんかお父さんが、いきなりドラゴンソードのオンラインに登録したから、どうしたの？　って聞いたら。子供たちの中で流行《はや》ってるんだろうって。勉強しようかと思ってって言ってくれたらしいよ」

「それは智也くん、嬉しいだろうね。町内会のこともそうだけど、自分たちの遊びや流行を気にしてくれるようになるって」

これには寧も嬉しそうだ。

コーヒーが入ったマグカップを手に、いつにも増して優しく微笑む。

「うん。お母さんは相変わらず仕事オンリーみたいだけど。それでも、お父さんが町内のことや家事育児に使う時間を増やしてくれたのが有り難いというか、やっぱり嬉しいみたいで。先週とは打って変わって帰宅後の機嫌がいいから、家の中が明るくなった気がするって」

「端から見てると、父親の負担だけが増えて、若干〝それでいいのか？〟って気はするけどな。でも、悪事の証拠を掴みたいって正義感からやったにしても、我が子が知人宅へ不法侵入、盗撮がバレた、警察を呼ばれたって騒ぎを起こしたら、親としては心を入れ替えるしかないもんな」

ここで充功が指摘した。

両親の負担の偏りは、時間と共に不満や悪感情へ繋がっていく。

それで離婚にいたった両親を持つ同級生がいるので、危惧してしまうのだろう。

「まあ、そうなんだけどね。でも、お父さんの病院勤めは、臨時雇用の更新を繰り返していて、正社員ってことじゃないから。家庭の事情でってことなら、シフトを減らすことは可能なんだって。そこは、もう病院側に相談してるみたい。充功は和室にいたから聞こえなかったかもだけど、増尾のおじさんが仕事は大丈夫ですか？　って聞いたときに、智也くんのお父さん本人がそう言ってた」

士郎は充功を安心させる意味で、耳に入ったことを説明する。

だが、これで充功は安堵したが、代わりに双葉がドーナツ片手に身を乗り出した。

「――え？　そうなんだ。あそこって総合病院だし、常に人員募集の貼り紙がしてあるけど、それでもずっと正社員じゃなかったんだってところが驚き。放射線技師なんて、引く手あまたな気がするのに――。やっぱり病院も経営ってなったら、ブラックめいた部分があるのかな？」

「うーん。そこは僕も気になった。けど、これればかりは外からじゃわからないことだし、智也くんが〝お父さんは家でもよく勉強してる〟って言ってたから、今以上の資格を取るのに、本人が希望して正社員を断ってるのかもしれないよ」

「あー。そういう選択もあるのか。母親はバリキャリだし、生活費に問題がないなら、働き方としてはありなのかもしれないもんな」

「うん」

余所様の家庭事情に首を突っ込む気もなければ、余計なお世話をする気も毛頭ないが、日増しに笑顔が増えているのを喜ぶ分にはいいだろう。

士郎は、智也のほうからメールを送ってくる限りは、一緒に喜びたいと思ったし、それが何か心配事の相談になっても真摯に対応するつもりでいた。

「みんな、見て見て！　七生がすごいよ」

――と、いきなり武蔵が声をかけてきた。

一斉に士郎たちが振り返る。

「わっちょ！　わっちょ！　わっちょ！」

すると、七生が両手でうちわを持って、それをパタパタ上下に振りつつ、ソファの周りを走っていた。

日中、自治会館で見たときよりも、更にうちわの振りがしっかりしてきた。

しかもリズミカルだ。

「ね、七生上手でしょう！　これなら七生も子供神輿の応援に行けるよね」

「行ける行ける！　みっちゃん神輿でわっしょいしょいできるよ！」

ドーナツも食べて機嫌もよかったのだろう、今度は樹季も加わり、武蔵と一緒になって特訓をしたようだ。

だが、これを聞いた充功が、眉間に皺を寄せた。

「――あ!?　武蔵、今なんて言った？」

「だから、七生も子供神輿の応援に行けるねって」

「いや、そのあとだ。何神輿だって？」

「みっちゃん……、神輿」

武蔵も確認をされて「まずい」と思う部分はわかっていたのだろう。

どんどん声が小さくなった。

「なんで俺が神輿なんだよ」

この時点で、士郎たちには「充功神輿」の絵は想像が付いた。

寧や双葉は顔を見合わせて吹き出すのを堪《こら》えている。

「だって～。七生はまだ小さすぎて、山車に乗せてもらえないから」

「そうそう。当然、お神輿も担《かつ》げないし。でも、みんなでお神輿の話をしてたら、一緒にやりたいって言うし。ちゃんと、かけ声やうちわで扇ぐ練習もしてるんだから、参加させてあげてよ～」

それでも武蔵だけなら叶わないかもしれないが、ここに樹季が加われば勝算は上がる。

士郎が、あまりの可愛さから、生まれたときから甘やかしてしまったことを、現在猛反省中のお強請《ねだ》り魔・樹季だ。

なんだかんだ言ってもブラコンで下にはベタ甘な充功が、嫌と言い張れるはずがない。

「参加はいい。けど、なんで俺が神輿なんだよ。どうせ俺が七生を肩車とかして、神輿の横を歩く羽目になるんだろう？　そしたら神輿は七生のほうであって、俺は担ぎ手だ。充功神輿だと、七生が俺を担ぐことになるぞ」

しかし、ここは士郎の予想を別の意味で裏切ってきた。

充功の、そこはどうでもいいんじゃ!?　という屁理屈《へりくつ》に、士郎も飲んでいたコーヒー牛乳を吹き出しそうになる。

「――あ。そうか！　間違えた」

「そうだよ、いっちゃん。これって七生神輿だったんだ！」

どうせ引き受けるのだから、二つ返事で済ませればいいものを――。

充功は、まるで一大事でも知ったような顔の樹季と武蔵を見ながら、どこかご満悦《まんえつ》だ。

これには下らなすぎてか、寧と双葉が限界を超えたらしく、テーブルに顔を伏せて肩を震わせる。

「でも、よかったね、七生！　みっちゃん、いっしょにわっしょいしてくれるって」

「やっちゃ！　わっちょわっちょわっちょ～っ」

七生は大喜びだ。

武蔵も七生の願いを叶えられるとわかって、一緒になってはしゃいでいる。

これには双葉と寧も顔を上げた。

「そしたら七生も法被《はっぴ》がいるよね？　一昨年の武蔵のやつだと大きすぎるかな？」

「大きい分には、肩を詰めて、裾上げをすれば大丈夫だと思うよ。ちょっと出してきて、測ってみる」

祭り参加自体は、浴衣《ゆかた》や甚平《じんべい》が定番の兎田家だが、神輿担ぎや山車に参加するとなれば、法被に股引《ももひき》か短パンだ。

しかし、そんなつもりがなかったので、用意をしていなかった。

寧が早速立ち上がり、リビング続きの和室へ向かう。

そこは寧の自室だが、押し入れには家族の衣類も入っている。

「七生が俺のなら、俺はいっちゃんの？」

「僕は士郎くんのだ！」

七生が武蔵のお下がりを着用すると知り、武蔵や樹季もお下がりを決め込んだ。

どちらもお下がりが嬉しいらしい。

大好きな兄の服が着られる、またそこまでの大きさになった自分が誇らしいという考え方は、間違いなく寧を溺愛する双葉から始まったものだ。

さすがに充功や士郎はここまで嬉しい感は出さないが、それでも二人揃って、

〝へー。思ったより綺麗に着てたじゃん〟

〝充功にしては、原形を留めてるじゃん〟

――などと言いつつも、いつにも増して丁寧に袖を通す。

ここは寧や双葉が口元を押さえてしまいそうなくらい、ツンデレじみた三男、四男だ。

こんな形でも、ブラコンが末端まで行き届いている。

「これだと、士郎は充功のがあるし、充功は双葉のがあるからどうにかなるか。あ、双葉のをどうしよう」

寧がまずは一昨年に着た武蔵の法被を出してきた。

去年着用していないのは、蘭が他界し、お祭りどころではなかったから。

なので、昨年新調されたものはなく、浴衣も甚平も一昨年の身体に合わせたものだ。

「寧兄。さすがに俺はもう着ないから。寧兄だってこっちへ来た中三のときには、もう着てなかっただろう。俺は一応、友達の付き合いで神輿担ぎに参加したから、中二までは着たけどさ」

「そうだった」

さすがにもう子供神輿を担ぐ年でもないので、寧と双葉の分は必要ない。

次に必要になるとすれば、大人神輿で声がかかったときだが、ここは毎年志願者がいるし、数が足りなければ青年団員が出るので、自ら希望しない限り出番はないだろう。

そうなれば、数はあるので、あとは着用する分だけ、サイズ調整をすればいい。

「あ、そうだ。双葉兄さん。お願いがあるんだけど」

丁度神輿の話が出たので、士郎は話を切り出した。

「――ん？　どうした。俺にお願いなんて、珍しいじゃないか」

双葉は特に嫌な顔はしなかった。

それどころか、心配そうに聞き返してくる。

「うん。ちょっと禅《ぜん》さんに相談があるから、連絡を取って欲しいんだ。最終的には、狸塚のおじさんに――ってことになるんだけど。まずは禅さんに」

「最終的には、狸塚のおじさんに？」

双葉はそう言って首を傾げたが、すぐに自分の上着のポケットから、スマートフォンを取り出した。

「実はね――」

そして、士郎から詳しい話を聞くと、すぐにメールで電話ができるかを聞いてくれた。

相手から「できるよ」と返ってくると、そのまま電話を繋いでくれたのだった。

＊　＊　＊

翌日、正午。

士郎はバイトのなかった双葉と一緒に、さっそく旧町の地主である狸塚家へ向かった。

まるで武家屋敷か高級旅館かという佇まいの日本家屋は、一度見たら忘れられない豪邸だ。

ただ、先日、智也が忍び込んで盗撮騒ぎを起こしたのもこの家だったのだが――。

そのときの問題が、現在の当主で双葉の同級生・禅の父親が、一族で初めて生まれた女の子――末弟の娘で、姪っ子である雛子を溺愛しすぎて、スキンシップが激しい。

これを雛子が嫌がり、士郎たちに愚痴ったことから、子供たちの中でロリコン疑惑が浮上。智也はその証拠を掴みに動画を撮りに行くぞ——と暴走してのことだったのだが、蓋を開ければそんな気はなく、姪っ子が可愛いだけの、ただの伯父さんだった。

とはいえ、万が一にもロリコン疑惑なんてものが世間に広がったら大変だ！

これを危惧した狸塚の妻から、顔の広い颯太郎や士郎たちが火消し役を頼まれた。

だからといって、彼の美しい奥さんから、ロリコン疑惑を晴らすためとはいえ、

「私……。実は夫より一回り年上なんですが——。これで、主人の無実を察してくれませんか？」

そう言って〝そもそもあの人は熟女好き〟をうち明けられたときには、さすがに士郎もどうしようかと思った。

その場には、たまたま寧以外の全員が揃っていたのだが、双葉や充功も俯くしかなかったし、颯太郎にいたっては「はい」と返事をするしかなかった。

樹季、武蔵、七生が広くて長い廊下に気を取られていて、キャッキャしていたのが、救いだったほどだ。

そして、そんな狸塚家で新たな問題の発覚と言えば、これだ。

「親父っ！　雛子が可愛いのは、もう充分わかった。ロリコン疑惑をかけられるからって、スキンシップも控えるようになって、そこは俺も褒める！　けどな、それとこれとは別だ。何、勝手に〝ずっと山車に乗せてやってくれ〟とか、青年団に根回ししてんだよ！　あれ

は乗りたい子供たちがジャンケンして、勝った順から交代で乗っていくって、昔から決まってるだろう！」

昨夜、双葉を経由し士郎からの相談電話を受けた禅は、それがあまりに稚拙《ちせつ》な内容だったことから、一度は膝から崩れ落ちた。

仕事に出た狸塚が昼食を摂りに戻ってきたところを捕まえると、その場に正座しろという勢いで、問い詰める。

もちろん、最初は士郎自身が直接狸塚にやんわり話すつもりだったし、禅には彼の在宅時間を聞いたり、そもそもこれは雛子が希望したことなのかを確認してもらったりするだけのつもりだった。

だが、そこは禅のほうから「俺に全部やらせてくれ」「士郎たちは見届けるだけにしてくれ」「むしろ、こんな馬鹿な話を余所様《よそさま》からさせられない。それこそ恥だ！」と言われてしまい、双葉共々立会人となったのだ。

「――え、どうしてお前がそのことを」

「世の中、舐めすぎだ！　親父が社長って立場を利用して頼んだ社員にして青年団員の水嶋さんの娘さんは、兎田双葉の弟、士郎くんの同級生だ。なんでも元気がないから、士郎くんがどうしたのか聞いたら、パパがずっとお祭りの山車のことで悩んでるって。余所様の娘さんを悩まして、どうするよ！」

このあたりは若干脚色していたが、士郎は自分から三奈を問いただした——ということにした。

だが、そのため禅は、余計に身内のしたことに責任を感じてしまったらしく、双葉や士郎には平謝り。父親に対しては、怒りと情けなさで男泣き寸前となった。

今どきの高校生が、内容が下らなすぎて泣きそうなほど恥ずかしい思いをするというのも、相当のことだろう。

ただ、士郎が敢《あ》えて充功の同級生である、ここの弟の匠《たくみ》を経由から除外したのは、このくだらなさのためだ。思春期真《ま》っ只中《ただなか》の彼が、こんなことを理由に非行に走っても困る。

その点、兄のほうなら、まあ——自分の将来の足を引っぱるような行動には走らないだろうし、双葉なら同情して彼をフォローしてくれるだろうしとも、考えてのことだった。

ただし、その分、狸塚に対しての爆発がすごいが、ここは禅曰《いわ》く「朝のうちに母親から許可をもらっているので大丈夫」らしい。

どうりで遠慮がないはずだった。

「しかも、双葉からは、〝なんなら俺が雛子ちゃんを肩車して、いっしょに山車について回るから、それで我慢してって言ってくれないかな?〟まで、言われて。これじゃ、まるで雛子のわがままを親父が聞いたみたいじゃないか!」

禅の剣幕に驚いた狸塚は、当然昼食どころではなくなった。

畳敷きに腰を下ろしたままの姿勢で、一方的に怒鳴られまくっている。

普段から貫禄《かんろく》充分の、しかし、まだまだ四十前後と若い社長のはずなのに、この場ですっかり肩身を狭くし、縮こまってしまっている。代わりに近くに立って、これを見ている妻は、怖いぐらい美しい顔で夫を見下ろしていた。

「そうでなくても、雛子は樹季くんの同級生なのに、こいつがわがまま言って自分のお兄ちゃんをこき使ったみたいに思われたら、結局雛子が嫌われることになる！　ってか、双葉のところは、武蔵くんでさえ、今年はまだ七生くんが乗れないから、一緒に乗れる年まで我慢するんだ――とか言ってるくらいなのに。こんな話を聞かされた俺が、どれだけ恥ずかしかったかわかるか！　わからないなんて、言わせないぞっ!!」

ちなみにこの状況を息子に許した狸塚の妻は、現状をあるがまま双葉と士郎に見せつつ、深々と頭を下げている。

もはや、煮るなり焼くなりしてくれても構わないです。情けない!!　という姿勢だ。

「え？　えええ!?　いやでもそんなっ。俺はちょっと、融通してくれたら嬉しいな――ぐらいのつもりで言っただけで」

すると、ここで初めて狸塚が弁解をした。

よもやここまで話が大きくなるなど、想像もしていなかったのだろう。

むしろ本人が一番驚いているようにも見える。

ただ、士郎からすると、そんなことだろうとは、思っていた。

普段は威厳ある地主であり、社長でありという男なのに、唯一溺愛する雛子のこととなると、後先のことをまるで考えられなくなることを知っていたからだ。

逆を言えば、こんな話を真に受けて悩んでしまう水嶋がド真面目《まじめ》なのも知っている。

ある意味この〝問題と言っていいのかもわからない事態〟は、こんな二人が揃ったからこそ起こった前代未聞のくだらなさとも言える。

「簡単に言うな！　同僚や後輩ならまだしも、親父はこのあたりの地主家系の当主で水嶋さんの雇い主かつ社長だぞ！　水嶋さんが圧力を感じて当然だろう。ってか、本当なら、そんなわがままを雛子が言ったら、それを正すのが役目だろう？　親父のほうが雛子に喜ばれたいがために、独断で社員に無理言うとか――。マジでないから！」

今にも血管の一本、二本切れそうな禅と、能面《のうめん》のようになっている妻に睨まれ、とうとう狸塚は両手を付いた。

「……もっ、申し訳ない。本当に、世間話の延長くらいで言っただけなんだ！　まさか、水嶋がそんなに悩むなんて――。俺の考えが足りなかった!!」

他に方法が思いつかなかったのだろうが、土下座《どげざ》に及んだ。

そこに合わせて、庭の鹿威《ししおど》しがタイミングを計ったように、カッポーンと音を響かせる。

士郎の目には、哀れで無情な世界が写る。

しかし、ここで狸塚の悲劇は終わらない。

「なら、山車の話はなかったことにしてほしいって、自分の暴走だったたって、水嶋さんに謝れよ。何せ、雛子に聞いたら、今年は乗らないよって言ってたしな」

最後の一撃とばかりに、禅が雛子自身から聞いた話をぶつけた。

「え⁉ 雛子は乗らないのか？ 去年まで、すごく喜んで乗ってたじゃないか。祭りが終わる度に、もっと乗りたかったな～って。だから、今年はサプライズのつもりで……」

狸塚は、更に動揺していた。

そんな話は信じられないと言わんばかりだ。

「普段はサプライズは迷惑だって言えるのに、どうして自分がやらかすかな。けど、雛子はもう、親父の抱っこやチューを嫌がるような、お年頃《としごろ》なんだよ。法被に短パンで山車に乗るより、自分で選んだ可愛い浴衣がいいんだって。しかも、ママにお化粧もしてもらうから、今年は最初から最後まで浴衣でいるんだ～って、連日はしゃいでただろう？ そこはちゃんと見てなかったのかよ。母さんに聞いたら、仕立てが出来上がってきた一ヶ月前からはしゃいでたのにって、言ってたぞ」

「――」

すべてが自分の落ち度でしかなかった――と突きつけられると、狸塚は茫然自失となった。

（純粋に雛子ちゃんが可愛いだけなのに、いつも裏目に出てしまって。そこが気の毒って言ったら、気の毒なんだよな——狸塚のおじさんって）

それでも数分と経たないうちに、上着からスマートフォンを取り出すと、水嶋に電話をして、謝り倒していた。

そのさいも禅からは、「余計なことは一切口にするなよ」と釘を刺されたので、「あんな、勝手なお願いをしたのに、雛子が今年は山車に乗るつもりがないことがわかった。すまない。申し訳ない」

ひたすら自分の暴走だったと、スマートフォンを手に頭を下げ続けていた。

一通り見届け終えると、士郎たちは狸塚家をあとにした。

双葉が走らせるママチャリの後部席で、それこそ気分も帰宅も楽々だ。

「ありがとう、双葉兄さん。些細なことではあるんだけど、これで水嶋さんも安心すると思う。というか、お父さんや水嶋さんからしたら、一人だけずっと山車に乗ってたら、逆に他の子から〝ずるい〟って言われて、嫌われちゃうよ——って心配もしてたから、安心すると思う」

「だよな——。そのへんもあとから、禅に怒られてたけど。まあ、なんにしても、早々に解決してよかったな。これを問題扱いしていいのかは、俺も悩むところだけどさ」

そうして自宅へ着くと、自転車をしまってから、玄関扉に手をかける。

だが、背後からクラクションが鳴ったのは、このときだ。

「こんにちは」

乗り付けた車の中から声をかけてきたのは、九だった。

「あ、智也くんのお父さん、こんにちは。昨日はありがとうございました」

「どういたしまして。こちらこそ、ありがとう。あ、これを智也から預かってきたんだ。なんでも新作ができたから、試しに解いてほしいって言ってたよ」

士郎のほうから側へ寄って、軽く会釈をする。

すると、九が車の中からA4版の茶封筒を士郎に差し出してきた。

「わざわざ、ありがとうございます」

士郎は両手を出して、それを受け取った。

「いや、出かけるついでだったから。それじゃあ、また」

「はい。いってらっしゃい」

智也からのお遣《つか》いを済ませると、九はそのまま車を走らせた。これから仕事という感じはしなかったので、ちょっとそこまで程度の買い物なのかもしれない。

士郎は車が角を曲がるまで見送ってから、双葉とともに家へ入る。

「それは？」

「多分、お祭りでやるゲームとかクイズとか、そういうのだと思う」

双葉に聞かれて答える。

「あ〜。智也、はりきってるんだ。ってか、お父さんもかなり印象が変わったよな。数日前に、うちに謝りに来たときとは、別人かってくらい、なんか明るくなって」

「本当にね」

玄関からリビングダイニングへ向かう途中の廊下で、士郎は封筒の中身を探った。

両手に伝わる感触から、問題用紙だけのようだ。

「ただいま〜」

声を発しながら、廊下からダイニングへ続く扉を開く。

やんわりと効いたエアコンが気持ちいい。

「しっちゃ〜っ。ふっちゃ〜っ。わっちょ、わっちょ！」

「あ！　しろちゃん、ふたちゃん、お帰り〜っ」

「おかえりなさ〜い！」

七生はお祭りの音頭を取るのがすっかり気に入ってしまったようで、両手にうちわを持ってパタパタしている。が、いつの間にか、鳥人間のような扇ぎ方になっていた。

また、武蔵と樹季はリビングで宿題をしていたのか、テーブルにノートを広げている。

これに否応なく付き合っていたのか、そこには充功の問題集も置かれていた。

「お疲れ～。狸塚のおじさんのほう、上手く収まってよかったな。今、匠のほうからもメールもらったわ」

「そうなんだ。禅さんもそうだけど、匠さんも気が気じゃなかったんだろうね」

「まあな。で、それは？」

「智也くんから、お祭り用の新作問題。今、お父さんが届けてくれたんだ」

「へー」

充功はすでに状況を把握していた。

やはり、自分のスマートフォンを持った上でのメール連絡は早い。

士郎は、そんなことを思いながら、手にした茶封筒の中身を取り出した。

「!?」

「何これ？　ザ、暗号解読？　まずは何も見ないで解いてみてね――？」

一緒に見ていた充功が、用紙の冒頭に書かれていた文字を読み上げた。

しかし、そこに書かれていたのは、用紙に規則正しく並んだ数字。

十桁ずつが一行で十並び、それが十桁毎にまとめられて、二つある。

それが二枚入っていた。

「――ん？　数字の出だしを見たら、これって円周率だよな？　ってことは、この数字の中に暗号文が隠れてるとか、この形式そのものに何か含みがあるとか、そういう系？」

「だとしても、こんなの町内祭で使えるのか？　対象年齢いくつの設定だよ」

どれどれと覗き込んだ双葉は、これが円周率であることはすぐに言い当てた。

士郎もそれは見た瞬間にわかる。昨日も円周率を使った問題でやりとりしていたので、きっとその延長上で何か思いついたのだろう。

「士郎に試してもらうってところで、もはや小学生向けじゃないのは確かだな」

「あー。そういや、智也もけっこう頭がいいんだったっけ？　たしか、全国統一テストの四年生の部で百番内とか」

「そうなの？　いや、相当できる子だよ。小学生くらいなら、同点同位の子だって多いだろうし、百番内ってことは上位五十番にはいるって思っていいんじゃない？」

「あ、そっか。すげえな、あいつ。俺より全然頭いいじゃん」

双葉と充功がやりとりする傍ら、士郎は問題用紙に書かれている数字を、まずは順番に眺めていった。

（ん？）

一枚目を確認すると、すぐに二枚目にも目を通す。

（智也くん？）

そうして確認し終えると、士郎はリビングに置かれた固定電話の元へ急いだ。

受話器を持つと、双葉や充功が「士郎?」「どうした?」と声をかけてきたが、そのまま電話をかけ続ける。

すると、一件目が留守番電話、またかけ直した二件目も留守番電話に繋がった。

これが一瞬にして、士郎の表情を険《けわ》しいものにする。

「――ごめん。僕、ちょっと出かけてくる」

士郎は、手にした用紙を封筒に戻しながら、その足で玄関へ向かった。

「何? 士郎」

「どうしたんだよ、急に」

「とにかく一九四階段《いくよ》まで行ってくるから」

慌ててあとを追ってきた充功や双葉に、目的地を伝えながら靴を履く。

「一九四階段? あんな旧町の外《はず》れに?」

「――ってか、ちょっと前に殺人未遂があったようなところへ、一人で行かせられるかよ。どうしても行くなら、俺がチャリ出すって」

すると、いち早く充功がシューズボックスから自分の靴を出し、そしてキーフックに戻されたばかりの自転車の鍵を掴んだ。

「ありがとう。そしたら、乗せてもらうよ。なんなら、近所の友達もたくさん呼んでもらえると、ありがたいかも」

「うん。一応用心。なんでもないかもしれないけど、万が一のために。だから、そういうのでも、笑って何にもなくてよかったな――って、言ってくれるお友達でよろしく」

「たくさん？」

いつになく忙しい士郎の言葉に、充功は上着のポケットに常備しているスマートフォンを取り出した。

画面に触れると同時に操作し、ものの数十秒もしないうちに画面を閉じて、再びそれをポケットに戻す。

「今、沢田と佐竹にメールした。多分、適当に声かけて、来てくれると思う」

「ありがとう！」

そうして双葉に見送られて玄関から飛び出すと、士郎は充功が出してくれた自転車の後部席に乗り、そのまま一九四階段と呼ばれる旧町の外れへ向かった。

「あ、いっちゃん！　士郎くんが」

「しっちゃよ！」

「お父さん、早く！」

「――何？　いったい、どうしたの」

突然のことに、非常事態を察したのか、樹季が上へ呼びに行った颯太郎が降りてきた頃には、すでに家からは離れていた。

7

都下のベッドタウンとして開発、整地された駅前に寄り近い新町と違い、旧町はいうまでもなく古くからある住宅街だ。

隣町との境に公道が通っているものの山坂は多く、袋小路《ふくろこうじ》で行き止まりになっている場所や、今は使われていない山間の旧道なども残っており、また士郎たちから見て奥へ進めば進むほど田畑も多くなってくる。

そして、突然士郎が行くと言いだした一九四階段は、旧町の外《はず》れにある山間から公道に抜ける近道として作られている細くて長い階段だ。

その名の通り階段数が一九四段あることから、作られた当時ならまだしも、最近では下りで利用する者はいても、登ってくる者はそう多くない。

よほど自宅に近い場合か、体力と冒険心に満ち溢れている小学生か。部活の体力作りに利用する中学生か、もしくは初めてこのあたりを訪れた土地勘のない者がうっかりチャレンジしてしまったか、その程度だ。

また、こうした立地のため、普段から人通りも少ない場所であることから、つい数ヶ月前に転落事故を装った殺人未遂事件に利用されてしまったという、いまとなっては曰く付きの場所になっている。

充功が士郎を「一人で行かせられるか」と自転車を出したのは、こういった理由からだったのだ。

ただし、そんな充功を介して、士郎が応援要請をした理由は別にあったのだが――。

林に囲まれた鋪装のされていない旧道へ入り、階段前に到着したときには、

（これはチャリンコ暴走族の集会か？）

そんなことを思わせる男子中学生が、パッと見でも三十名近く集まっていた。

中には階段下の隣町から駆け上がってきたと思われる柄の悪そうな、しかし肩で息をして汗だくになっている男子たちが混ざっている。

（充功の友達っていったい？　いや、夏休みだし、いつにも増して見た目が自由人になっちゃってるだけで、佐竹さん同様人柄はいいんだろうけど。中には散歩中だったのかな？　豆柴《まめしば》連れてるお兄さんもいるし）

士郎は目の前の光景に、数秒前まで持っていた緊張感が失せてきた。

特に、現場をざっと見渡したときに目が合ってしまった狸顔の豆柴の愛想がよく、嬉しそうに尻尾を振ってきたので和《なご》んでしまったのもある。

そんな場合でないのは、誰よりもわかっているのに！

士郎は緊張感を取り戻すべく、一度深呼吸をした。

和みを払拭《ふっしょく》するためにこれをする機会は、あまりないことだ。

「これは、なんでもなかったってことで、笑っていいパターンか？　なんか、近くを散歩してたところでメールをもらって、秒で着いた奴が言うには誰もいなかったってよ」

すぐに状況を確認、情報収集をしてくれた充功が聞いてきた。

一番乗りは豆柴のお兄さんだったらしい。

どうりで尻尾を振り続ける豆柴が、どこか得意げなはずだった。

せっかく取り戻したはずの緊張感が、また削《そ》がれそうになる。

「うん。ごめんなさい。申し訳ないけど、僕の考えすぎだった。人がいたら駄目なパターンだった。解散してもらって。本当に、ごめんなさい」

「了解！」

士郎は、人手が必要なかったことを謝ると、充功は佐竹たちに向かって声を発した。

「ごめん、なんでもなかった。マジで、申し訳ない。今度なんか礼するから、解散して」

若干、ざわつきが生じるが、誰も怒った様子はない。

一番乗りした豆柴効果もあるのだろうが、今も「よかったな～」「あん！」というやりとりに全員が和まされている。

「いいよ、いいよ。集まったのは自己責任だし、声がかかっただけで嬉しかったから。気にしないで、また呼んで」

「そうそう。俺もなんか事件かってワクワクしたけど、実際は何もないのが一番だしな」

「確かに！」

「そしたら、これで。じゃあな～っ」

充功や士郎には手を振りつつも、この場を去って行く。

中には「ついでに遊ぶか？」「いいね、いいね」などと言って、そのまま出かけていく者たちもいるが、士郎の目を最後まで釘付けにしたのは、やはりもっふりしたお尻を振りながら散歩に戻っていく豆柴だ。

そして、勢いのまま駆け上がって来たかもしれない一九四階段を、

「やっぱ、下りるのが怖いんだよな～。高所恐怖症だから」

などと言いながら、しっかり手すりに掴まり、また数名の仲間たちに見守られて下っていく、一番怖そうな顔をした坊主頭のお兄さんだった。

(――充功って、どこでこんな怖いのに愉快そうなお兄さんたちと知り合うんだろう)

「あれでも、隣町中学の強豪野球部主将なんだぜ。一九四階段を笑いながら駆け上がれるような体力お化けなのに、下るときはチワワなもんだから、めちゃくちゃチームメイトの庇護欲《ひごよく》を誘ってる姫キャプテンらしい」

士郎の視線の先に気づいてか、充功が説明してくれる。

「姫キャプテン⁉」

強豪野球部にも驚いたが、それを上回る名称？　に、士郎の声が裏返りそうになる。

だが、だとしたら今日は練習が休みか、空き時間だったかもしれないのに、申し訳ないことをしてしまった、とも思う。

なんにしても、士郎からすると衝撃続きだ。

「それで〝人がいたら駄目なパターン〟ってなんだ？　いなくなったら、なんか起こるのか？」

しかし、普段から付き合いのある彼らを見たからといって、特になんてことはない充功は、家を出たときからの緊張感を保っていた。

「わからない。けど――」

士郎は、今だけはそんな充功にあやかり、持ってきた茶封筒を握り締める。

そして、今一度大きく息を吸い込むと、

「智也くんのお父さん！　いるなら出てきてください‼」

周囲の林に向かって、力いっぱい叫んだ。

「――は⁉　智也の父さんだ？」

「この問題、作ったのは智也くんじゃないですよね！　お父さんですよね！　いったいどういうつもりなのか、出てきて説明してください！」

驚く充功を余所に、今だけは声を上げ続けた。

「出てきてくれないなら、僕にも考えがありますが！」

はったりではあったが、脅《おど》かすようなことも口にした。

声を聞きつけてか、どこからともなく「カー」と鴉が鳴いている。

すると、一九四階段の降り口の左右に広がる林の中から、九がそろりと出てきた。

旧道から続くこの先には、袋小路になっている場所もあれば、所々に駐車できるスペースもある。

先ほど乗っていた車はそこらへ置いて、本人は近くに身を潜めていたのだろう。

「……驚いた。瞬時にすべて読み解くなんて……。しかも、暗号もさることながら、問題の作り手まで俺だと見抜くって？」

しかし、ここで声を荒らげた士郎に反して、九は驚きと感激が入り交じったような顔をしていた。

「何言ってんだ、あいつ？」

「説明はあとでする。とりあえず、どんな話になっても感情的にならないでそこにいて」

「――」

士郎は、九の態度の意味がわからず、今にも喧嘩をふっかけそうな充功をまずは制した。

そして、瞬時に黙った充功に感謝しつつも、今一度茶封筒を握り締める。

「智也くんのお父さんは――、おじさんは。さっきの暗号文で僕のことを、僕の記憶力を試したんですよね？　どうして、そんなことをしたんですか？」

淡々と問う士郎に、九はその目を輝かせた。

「なら、逆に聞くけど。どうして士郎くんは、そう思うんだい？　暗号もどうしてこんなに早く？　よかったら教えてくれないか？　教えてくれたら、私も何でも答える。でも、まずは聞きたい。そう結論付けた経緯を教えてほしい」

士郎は、九が智也の父親としてではなく、一個人の好奇心を満たすために、この質問をぶつけてきたことをまずは確信した。

その上で、彼の好奇心が自分にとっては嫌悪の対象でしかなく、また危険を含んでいることに、どうしたものかと思う。

「ぶっちゃけ、暗号の意味は俺も知りたい」

――と、ここで充功までもがとぼけたことを言ってきた。

（しょうがないな――。けど、話をとっとと進めるには、僕から明かして、尚且つ追い込んでいくしかないか。もっとも、それなりの予想はついてるけど）

士郎は握り締めた茶封筒から、先ほどの用紙を取り出す。

そして、それを封筒ごと充功に手渡すと、まずは彼の質問から答え始める。

「さっきの円周率が僕にとっては、それほど暗号らしい暗号ではなかったからですよ。おじさんは、僕が百桁までなら暗記していることは、すでに知っていた。でも、実はもっと先まで記憶してるんじゃないかと考えたから、わざと途中の数字を語呂合わせの言葉に置き換えていったんですよね？　それもとてもわかりやすいように、４６０――士郎と読める並びの三文字に、５０５でＳＯＳ助けてとか」

ここでも淡々と話す士郎だったが、用紙を受け取った充功のほうは、書かれた数字に目をこらし始めた。

十桁毎にまとめられているとはいえ、一枚に二千は書かれている数字の中から、４６０という並びを見つけだすのだ。それも、不規則に並ぶ数字の中から。

円周率など3．14までしか覚えていない充功にとって、そこから先の数字は、ただ並んでいるだけの無意味なものにしか思えない。

こうなると、余計に難しく感じてしまって目が滑る。

そんな充功を横目に、士郎は更に話を続けた。

「そして、次の４６０には８８９で早く。最後の４６０には、僕をここへ呼ぶために１９４を置き換えた。こうして出来上がったのが、弄られなかった最初の４６０から読んで〝士郎、ＳＯＳ、早く、一九四〟だ。けど、これだけのことなら、ちょっと時間をかければ答えにたどり着ける。元の円周率と比べて、細かく見ていけば、数字の違いに気がつくからです」

九が置き換えた数字の説明をしつつも、士郎の頭の中には、既に手元にはない用紙の数字が思い浮かべられていた。

暗号クイズのような渡され方をしたので、最初にしたことは、ここに書かれている円周率が本当に正しいのか、その確認から入った。

そして、すぐに間違いに気づき、またそこに置き換えられた数字がとてもわかりやすい語呂合わせ文だったことから、士郎はこの暗号法則を理解した。

ただ、これを士郎が何も見ずにできたのは、もともと暗記していた円周率が一万桁まであったからだ。

正しく言うならば、以前そこまで書かれたものを目にしたから、そのまま画像として脳内に記憶されていただけで、これが五万桁でも十万桁でも士郎にとっては大差がない。

が、これを士郎同様やってのける人間が、この世界にどれだけいるだろうか？

今回は用紙二枚だったが、それでもこの中には四千桁の数字があった。

「でも、問題にはわざわざ〝まずは何も見ないで解いてみてね〟と書いてあった。こんな数字の違いに気づけるのなんて、もとから相当数を覚えている人だけだ。だって、最初の〝助けて〟に気づくだけで、二百七十桁は記憶している必要があるし、最後の１９４に至っては、二千三百桁の暗記が必要なる。そう考えたら、この問題の目的自体が、たんに暗号を解かせるものではなく、僕がどこまで円周率を記憶しているのか、試されてるんだって思うほうが正解でしょう」

士郎の暗号解読の説明は、ここで終わった。

終始淡々としている口調が、むしろ怒りに満ちていることを物語っているが、これらを聞かされた九の表情は嬉々としている。

それこそ最初に見せた驚きさえも今はなく、満面の笑みを浮かべていた。

「なるほど。だが、どうしてそれを私が？　親の私が言うのもなんだが、智也はとても賢い。君には及ばなくても、同級生の中でなら、突き抜けているはずだ。これくらいの暗号遊びなら作れるし、君に挑戦してみたくなったら、自らこれくらいの円周率は覚えるかもしれないよ」

そうして九が次なる質問の答えを求めてきた。

頭上で再び鴉が鳴き、充功はグッと固唾《かたず》を呑む。

「そうですね。そうかもしれない。けど、仮にそうだとしても、智也くんならこんな文章は作りません」

すると、士郎の手がスッと上がり、かけていた眼鏡のブリッジをツイと押し上げる。

高揚《こうよう》している九にはわからないだろうが、士郎は怒りからか唇を震わせていた。

「なぜなら、僕に特別好かれないまでも、絶対に嫌われたくないって言い切る智也くんなら、知っているはずなんですよ。たとえ問題形式や冗談の類《たぐ》いであっても、僕がこの手の嘘が嫌いだってことを。人の善意につけ込んで心配をさせたり、動かそうとしたりするような人間が、僕の中ではなかったことにするくらい軽蔑《けいべつ》に値《あたい》するし、そこから先は空気扱いにするくらい、大嫌いだってことを！」

「っ！」

はっきりとした口調で士郎が吐き捨てたと同時に、充功は手にした用紙と茶封筒をぐちゃぐちゃに握り締めた。

力の限り握りつぶして、地面へ叩きつけると、それを踏みつける。

士郎が最初に釘を刺したので、充功は幾度も茶封筒の塊を踏み潰すことで湧き起こる怒りを誤魔化しているのだ。

「それでも僕は万が一を考えた。問題だけなら、わざわざ紙で渡さなくても、メールで送れる。けど、僕はスマートフォンを持っていないから、メールはパソコンを立ち上げたときしかチェックしない。それは智也くんも知っている。だから、実は誰にも言えないところでいじめられていて、急に呼び出されて行かなきゃならなくなった。それを、僕だけに伝えたくて、こんな手段をとったのかなとか。可能性がゼロじゃないから、僕はここへ来た。用心に用心を重ねる意味で、充功やその友達にも一緒に来てもらったんです」

士郎自身は、暗号文を解いたところで、智也ではないという確信があった。

だが、内容が内容だったからこそ、過信しないことを選んだのだ。

それでも気持ちのどこかで、ここへ着いた瞬間に、智也が出てきて「士郎、すごい！」とはしゃいでくれることに期待をしていた。

〝すごいじゃないよ！　遊ぶんなら語呂合わせの言葉を、もっと選んで！　簡単に思いつきそうなものばかり並べるから、こんな文章になるんだよ。僕の心配を返せ！〟

そう言って、二度と駄目だよ――と、叱れることのほうを願っていた。

智也が自分を好きである限り、絶対にしない。

するはずがないのに――と、わかっていながらも。

「もちろん、あなたがわざわざ用紙で寄こしてきたのは、こうしてすぐにでも結果が知りたかったから。もしくは、智也くんのアドレスから僕に仕掛けることが、環境的に無理だったからなのかなとは、思いますけどね」

士郎は今一度眼鏡のブリッジに手をやると、これが癖なのだというように見せて、自嘲《じちょう》から漏らした笑みを隠した。

それほど様々な感情が入り交じり、かえって冷静になってしまっていたのもある。

「これで全部です。僕は話しました。次はおじさんです。こんなことをしたのは、なぜですか？　僕を試して、いったい何が知りたかったんですか？　というか、円周率をどこまで記憶しているかなんて、あの場で聞いてくれたらいいじゃないですか」

しかし、だからといって、九に対する怒りが収まったわけではない。

士郎には、自分の持つ能力がこんな形で試された以上に、腹立たしいことがあった。

九が智也の名を利用し、また気持ちを踏みにじったことだ。

「それは――。あの場ではドラゴンソードの話題に変わったし。というか、五百体以上のモンスターを一晩で覚えるなんて話も出てきたから、そんなまさかって気持ちになって。けど、もともと君は神童と呼ばれるくらいの子だし、記憶に特化した能力を持って生まれた子なのかもしれない。そう思ったら、とても興味深くなってしまって――」

だが、九が士郎の問いに答え始めたときだった。

「興味？」

「嘘をつくな！　父さんは、父さんはCTで士郎の脳を撮って見たときには、もう興味を持ってたんだろう！　こうして士郎の能力を測ることを、企《たくら》んでいたんだろう！」

いつからいたのか、側に立つ木陰《こかげ》から智也が飛び出してきた。

それも両手でノートパソコンを抱えている。

（――脳!?）

「智也っ！」

「いきなり自治会仕事をやるって言い出したのも、俺と一緒に手伝いに参加したのも、ドラゴンソードを調べ始めたのも、全部――全部士郎に近づきたくて！　天才的な士郎の脳を自分の研究対象にしたくて、観察したくてやったことなんだろう!!」

父親を責めるように叫びながら、智也がノートパソコンを抱えた両手を頭上に掲げる。

そして、閉じられていたノートを開くと、

「誰がさせるか、そんなこと！　士郎は俺の友達だ！　絶対に無くしたくない友達なんだ！　たとえ父さんの夢がこの先一生叶わなくっても、士郎にだけは、絶対に勝手なことなんてさせないからっ!!」

「やめろ、智也！」

腹の底から声を上げると、智也は力の限りノートパソコンを地面へ叩きつけた。

それも大きな石が転がるところを狙いすませたように、開いた内側からバン！　とだ。

「うわっ！」

バリン――という鈍い音に加えて、更に智也が力いっぱい踏み潰す。

それこそ全体重をかけて、ノート型が折れて、再起不能になるだろうところまで、ガンガンとだ。

「智也っ」

しかも、血相《けっそう》を変えてノートパソコンに手を伸ばした九に対して、足を引くと同時に冷ややかに言い放った。

「あ――。これはもう初期化したから、修理に出しても無駄だよ。父さんの持ってるメモリー関係のものも全部初期化して捨てちゃったし。クラウドのファイルからゴミ箱まで真っ白にして、父さん程度の知識じゃ絶対に復元できないくらいまでクリーンな状態、再起不能にしたから。どうしても研究が続けたかったら、自分の脳みそを頼ってくれ」

これには士郎も他人事ながら「え!?　そこまでしたの」と声にしそうになった。

「なっ、お前。なんてことをしてくれるんだ――っ」

士郎がそうなのだから、これを聞いた九が叫ばないわけがない。

それこそ、この場に両膝を付いて、壊れたノートパソコンを拾い上げた。

「知るか！　行こう、士郎」

それにも拘わらず、智也はいきなり士郎の腕を掴むと引っぱった。

「え!?」

「ごめんなさい、充功さん。そいつはもう、気の済むようにしてください！　ちょっとだけ士郎をお借りします」

「えええっ!?」

充功相手だというのに、とんでもないことを言い切り、智也は「こっちへ来て」と士郎を引っ張り続けて、林の中へ足早に入って行く。

「カー」

頭上には、困惑するまま木々の間を引かれて歩く士郎を見守るように、鴉がついてくる。

しかも、こちらもいつからいたのか、一定の距離を取りながら、茶トラまであとを追ってくる。

「何？　ちょっと、待って智也くん。どこへ行くの？　あれ、さすがにまずいんじゃないの？　僕がやるならまだしも、智也くんがしたらまずいでしょう」

そうして旧道に立つ充功たちの姿が見えなくなったところで、智也は足を止めた。

「いいんだよ！　あれは俺がやりたかったんだ。自分のために、したかったんだ！」

「智也くん」

振り向きざまに、かなり強引に引っぱってきた士郎の腕を下ろすと、そのまま身体を落として正座する。

「それより、ごめん!!　本当に、父さんが——ごめんなさい！」

そうして木の根が張っている地面に両手まで付くと、士郎に向かって土下座した。

あれほど怒り狂って罵声《ばせい》を浴びせた九に代わって、息子として謝罪した。

「ちょっ！　やめてよ、何してるんだよ！」

ただ、これに慌てた士郎が智也の腕を掴んで引っぱると、

「だって……。だって、父さんが——」

ここまで我慢をし続けてきたのか、しゃくり上げるようにして泣き出した。

「いや、あのくそおやじがっっっ！」

それこそ充功や九どころか、一九四階段の下まで聞こえそうな声を張り上げて、わんわんと泣き出した。

(――智也くん)

＊　＊　＊

まずは本人の気持ちが落ち着くまで、好きなだけ泣かせようと決めて、士郎はしゃくり上げる智也の隣に腰を下ろした。

黙って寄り添うに留めて、一緒になって膝を抱える。

(それにしても、何がどうして、こんなことに？　脳のCT《シーティー》って――。あれって、怪我をしたときに、後頭部からひっくり返ったのに加えて、僕自身が救急車を呼ばれたことのほうに動揺して倒れちゃったからで。それで用心のために検査しただけで、実際はなんでもない証明をするために撮ったようなものだよな？　あとは、湊《みなと》くんを庇って負ったっていう経緯があるから、みんなで安心するためにもってことで、父さんも同意して)

しかし、この間に士郎が答えを求めて、考えを巡らせたところで、限界はあった。

(そもそも、CTを見たときから僕の脳に興味って――？　智也くんのお父さんって、ただの放射線技師さんじゃないの？　それとも研究対象とか観察とかしたくなるほど、僕の脳に違和感を覚えたの？　けど、診察のときに見せてもらった限りでは、一目でおかしいと思うような造形《ぞうけい》はしていなかったし、源《みなもと》先生も問題なしって言っていた。それとも、これまで撮ってきた技師さんだから、違いがわかるの？　けど、それなら源先生のほうが医師として現場に立ってきた時間も長いし、数年前まで大学病院で外科医をしていた先生だ。仮に脳の専門医でなくても、技師さんが気づくような異常なら、見逃すとは思えないんだけど……？）

　ここまでに耳にした話や言葉の数々だけで想像しても、足りないものが多すぎる。

　智也か、それ以上に九本人から事情や本心を聞かないことには、どうしてこんなことに自分が巻き込まれているのか、さっぱりわからない。

（まさか、ここへ来て実は智也くんのおじさんが栄志《えいし》義塾《ぎじゅく》の回し者だったとか、そういうことじゃないよな？　というか、それなら〝興味を持って研究対象にして観察していた〟とは言わない。このワードの流れに間違いがないなら、一個人の思い付きだか好奇心による単独行動だ。でも、だとしたら、智也くんの言う〝おじさんの夢〟って何？）

　あまりにわからなすぎて、士郎は自身の経験や関わりから、少しでも繋がりがないか探ろうとした。が、九父子が発した言葉をそのまま受け止めるなら、こうした仮説も無駄に終わる。

「みゃん」

そうこうしている間に、茶トラがそろりと寄ってきた。

士郎の顔を見上げて首を傾《かし》げるも、本人は智也の膝へ上がって、そのまま寛《くつろ》ぎ始める。

「――にゃんこ」

「カー」

「鴉も」

頭上の枝には鴉も停まって、こちらを見ており、士郎は彼らと智也を交互に見ながら、関係性を想像する。

(あ、そうか。智也くんが最初から気に入って撮っていた動画って、この鴉と茶トラだっけ。ってことは、顔見知りって言ったらあれだけど、互いにいい関係ってことなのかな? この距離感だし)

すると、智也が膝で寝ている茶トラを見ながら、自身の腕で顔を拭《ぬぐ》った。

「ありがとう。士郎。にゃんこも鴉も」

そして、泣き腫《は》らした顔で作り笑いを浮かべると、そこからはポツポツと話し始める。

「昨日、帰ってからもネットで町内祭の催し物を調べて、短期間でも簡単に用意して遊べそうなクイズ問題とか、ゲームとかを考えてたんだ。実際、いろいろと問題を作ってみたりもして。それは、父さんも一緒で――。特に、クイズはできたら、先に自分たちで出し合って、どんな感じか試そうねって話してて。今日も朝から、あれこれやってたんだ」

士郎は聞くことに徹した。

ここ数日のこととはいえ、父親の態度が変わったことで、智也の笑顔が増えた。

きっと今朝も明るく笑っていたのだろう。容易に想像が付く。

「ただ、昼前に急な仕事が入ったからって、出かけていったんだ。別によくあることだから、普通に見送った。けど、それからなんとなく、父さんがどんな問題作ったのかなって気になって、書斎に見に行ってみたんだ。そうしたら、デスクの上にいろいろメモが残っていて――、そこにあの問題があった」

ここから智也は、事細かく状況を説明してくれた。

父親は放射線技師だけあり、書斎の書棚には専門書が多く並んでいた。

また、今の仕事に就く前は、脳科学系の研究所に勤めていたらしく、その手の専門書や資料もかなりあるという。

ただ、結婚をしてからも続けていた仕事だが、予定していなかった妻の妊娠を機に、否応《いやおう》なしに職を見直すこととなった。

研究職と言っても収入はピンからキリまでだ。

共働きなら問題はないが、子供が生まれるとなればまた別だ。

当時の彼の収入では、妻子を養える状態になかった。

だが、妻自身は出産後も仕事を辞める気はなく、むしろ九に家事育児を任せて、主夫をしてほしいという話になった。

が、さすがにそれは——と、彼も断った。

自分も外で働いていたいという気持ち半分、これで妻に何かあったときにどうするんだという気持ち半分だったからだ。

そのため、とにかく再就職を目指して、もともと多少は知識のあった診療放射線技師の道を選んで、専門学校へ入り直した。この間は妻の収入のみで、やりくりをしている。

また妻は、出産後一年も経たずに職場復帰をしたので、九はしばらく学生の傍ら妻と家事育児を分担したのち、技師としての資格を取ったことになる。

そうして、診療放射線技師として勤め始めたときも正社員にはならず、バリキャリとなった妻とのバランスを取って、家事育児の大半を彼が引き受けることになり、それが今も続く九家の家庭内バランスだ。

これだけを聞くなら、夫婦で話し合って決めたベストな選択だ。

たとえ、これらの話を智也が知るきっかけになったのが、時折起こる夫婦喧嘩からだったとしても。世帯収入は安定しており、智也自身も物理的には何不自由なく育っている。

ただ、士郎からすると、精神面ではどうなのかとは思うが——。

ここは智也の持って生まれた優秀さが、良くも悪くもセルフカバーしてしまっていた。

もともと仕事好きな両親からの関心が二の次だと自覚したときから、これはこれで受け入れ、智也自身も好きなことを見つけて優先することで、両親を二の次にしていた。

そうしてお互いを二の次にしてしまえば、余計な寂しさやストレスは回避できる。

それでも気持ちのどこかでは両親の関心を引きたい、一番に見てほしいという子供らしい願望はあっただろう。

そう考えれば、ここ数日父親と過ごした時間は、これがようやく叶ったことになる。

と同時に、これまでは希薄だった友人たちの交流も深まり、士郎が記憶する限りでも、一番いい笑顔を見せていた。

それこそ、士郎や周りの友人たちをもハッピーにする笑顔だ。

しかし、智也はそんな幸福の絶頂から、突き落とされることになった。

父親のノートパソコンが置かれた作業デスクで、士郎を一九四階段に呼び出すための問題とその答えを見つけたことから、彼の言っていた「興味」の矛先《ほこさき》を知ったからだ。

「最初は、なんだこれって思って。でも、暗号文の内容を見たら、こんな文章を作る意味がわからなくて。でも、きっと何か理由があってのことだろうと考えて、夢中で父さんのデスク上を物色した。そしたらパソコンの中に、父さんが転職してからも独学で続けていただろう、脳科学関係のファイルがあって。その中には、レポートや自身の考えを書いたものなんかもあったんだけど、どうしてか士郎の名前のページもあったんだ」

「僕？」

「うん。それこそ誰でも知っているようなプロフィールとか、士郎の頭や記憶力がいいところとか、そういうことがメモされていただけなんだけど。ただ、丁度そのときに、メールが届いて――」


先日は電話で、そして昨日はメールでありがとう。

改めて、詳細に目を通させてもらったよ。

もしも、この話や経歴が本当だというなら、君が出会った兎田士郎くんは、確かに素晴らしい記憶力の持ち主だし、充分研究対象になりうる。

私もとても興味が沸いてきたし、今後も、事細かなテストを重ねて、その都度結果を報告してくれたら嬉しい。

今はリモートでも作業はできるし、また一緒に仕事ができたら尚嬉しいね。

ただ、できることなら、やはりその病院で撮ったというCT画像も見てみたい。

今後の調査データと合わせて、これは――となれば、君をその被験者《ひけんしゃ》の担当として、現場復帰させることも視野に入れられる。

そろそろお子さんも大きくなってきていることだろうし、よかったら考えてみてくれ。

まだ夢は諦めていないだろう。

よろしく頼む。

メールの送り主は、九の前職の上司だった。

これを聞いた瞬間、士郎は病院の駐車場へ向かう途中で耳にした、九の電話内容を思い浮かべた。

〝それは、本当ですか⁉　ありがとうございます。頑張ってみます。よろしくお願いします〟

もしもあのときの電話が、このメールの送り主だったとしたら、一応のつじつまは合う。

あれは、相手に士郎のことを相談していて、ならば現状で知りうるデータをまとめたレポートでも送ってくれれば、目を通すよ――といった返事でももらったのだろう。

しかも、その日のうちにデータをまとめていたら、智也から町内会の話が出た。

士郎からも町内祭の手伝いの話も出て、九からすれば、棚からぼた餅だ。

さっそく士郎のデータ採取する意味も込めて、智也と一緒にゲームを作り、そこで士郎の更なる情報を得ることになり、昨夜の時点でレポートを送った。

そして今日――昨日のゲームの延長を装い、円周率暗号で士郎の記憶力を測った。

さすがに子供たちから耳にした話だけでは、彼自身がどの程度のすごさなのか判断できなかったのかもしれない。

そういう意味では、今回の暗号ゲームは、彼が理解しやすく、また今後の調査の基準を作るための問題内容であり、レベルだったのかもしれない。

しかし、こうした思惑を九は、智也に知られることになった。

そもそも個人主義の家庭で、日頃から互いの部屋を行き来することもなかったのかもしれないが、自身の杜撰な管理のためにアナログのメモを見られるだけでなく、パソコンの中身を見られて、結果はこれだ。

士郎からすれば、余所の子供に興味を持つ前に、まずは我が子に同じほどの興味を持っていれば、少なくともここまで暴かれることはなかった。

ましてや、結婚前から築き上げてきたかもしれない自身の研究データを一瞬にして消滅させられることもなかっただろうに――。

我が子の賢さを、それこそきちんと測れていないから、こんなことになるのだ。

（智也くん……）

説明を終えた智也は、今一度自分の頬を手で拭った。

「それで……、ぶっちぎれて、やれることは全部やってきた。今……、ちょっと冷静になってきたから、やり過ぎたかもしれないって気持ちはある。でも――、後悔はしない」

再びしゃくり始めた智也の頬には、拭いきれないほどの涙がこぼれて、茶トラの頭に落ちていく。

「だって、研究対象って……なんだよ？　被験者って……なんだよ？　まるで士郎のことをモルモットか何かと同じように言ってるのが、自分の父親やその知り合いなんだって思ったら、刺しに行かなかっただけ褒めてほしいよ……。ってか、そんな父親の息子なんだと思ったら、俺もう――、士郎とも友達でいられないよ！」

智也が心の内を叫んだ瞬間、驚いた茶トラが膝から飛び下り、そのまま士郎の腕へ逃げ込んだ。

すると、気を配るものがなくなったからか、側に転がっていた石や小枝を掴む。

「智也くん！」

「別に、仕事が一番でもいいよ。なんなら子供なんか、二番、三番でも、もっと後回しでもいいよ。でも、なんでここに来て士郎なんだよ。どうして学校に安心できる居場所を作ってくれた、俺のこと助けてくれた士郎なんだよっ！　それまで俺は、父さんの読めない苗字《みょうじ》のせいで、ずっとからかわれて嫌な思いをしてきたのに――っ！」

智也は両手に掴んだものを、感情のままに投げ始めた。

その先には林が広がるだけで誰もいないが、智也の目には父親の姿が見えているのかもしれない。

「せっかくここまで仲良くなれたのにっ！　充功さんやそのお友達とも仲良くなれたのにっ。なんでなんだよっ!!　うわぁっっっっっ！」

しかし、声がかれるほど泣き叫んだときだ。

「そこまで思うなら、あと一歩。士郎を信じろよ」

（――!?）

旧道から林の中へ入ってきた充功が、側まで寄ってきてぴしゃりと言った。

それも背後には、心配して自分たちを追いかけてきてくれたのか、颯太郎がいる。

そして、その隣には壊れたノートパソコンを抱えたまま、憔悴《しょうすい》しきった智也の父親もいた。

「士郎は、お前の親がどんなにアホなことをしたって、親は親で、子供は子供って分けて考えられる奴だよ。それに、士郎はこの問題が親父作の、ある種のトラップだってわかった上で、ここに来たんだ。本当なら、わからない振りして、それこそアホな振りだってできるのに」

充功は驚いて顔を上げた智也を見下ろし、更に続けた。

「これがもし本当に、智也からのSOSだと取り返しが付かないからって。こんな馬鹿な文面を、それこそ兎田士郎っていう人間をずっと見てきて、理解しているお前が作るはずないって信じた上で。でも、可能性がゼロじゃないから、お前を助けに来たんだよ。むしろ、自分の手で親父の魂胆《こんたん》を暴いて、叩き潰してやるくらいの気持ちで。な、士郎！」

そして、最後は士郎に話を振り、視線で誘導しながら智也自身に確認をさせる。

「……本当？　俺、まだ友達？」

特別仲良くなれなくてもいい――と言っていた智也が、いつの間にか自分の口で士郎を友達と言うようになっていた。

だが、細やかながらそう言えるまでの自信を持てたばかりだっただけに、反動も大きかったのだろう。

士郎は、両手で抱えていた茶トラを左手に抱き、利き手で智也の肩をポンと叩いた。

「誰も友達をやめるなんて、一度も言ってないよ。僕にまで暴走しなくても大丈夫だって」

あえて元気づけるように、笑ったりしない。

むしろ、何言ってるんだよ――と、呆れた口調で返す。

なぜなら、苗字のことでからかっていた同級生をたしなめたときから、智也が感謝しつつも士郎をずっと見てきたというなら、ここで敢えて笑わなくても、彼はこれが普段通りの士郎だと知っている。

それこそ、親しくなればなるほど、士郎は気を使わないし、呆れたときにはそれを態度にも出す。

そう、知っているはずだからだ。

「士郎――っ！」

案の定、智也は安堵し、今度は歓喜の声を上げた。

すると、間近で見ていた充功が「またドMが増えてやがる」とつぶやき、それを聞いていただろう颯太郎から、後頭部を小突かれる。

しかも、そんな充功を今度は士郎が見上げると、

「それに、本当なら坊主憎《にく》けりゃ袈裟《けさ》まで憎いってなるのは、充功のほうが何万倍もだからね。それが、こうやって言ってくるって、僕のほうがビックリしているけど――。そこは智也くん自身が作った信用みたいなものもある。あとは――」

そう言って、今度は颯太郎のほうに視線をやった。

ここで充功が話を収めにかかってきたということは、おそらく颯太郎と九の間で、すでに話が付いているのではないかと思えた。

また、そうでなければ、まるで颯太郎に引率されるようにして、この場まで九が来るとも思えなかったからだ。

すると、颯太郎は目を合わせた士郎に軽く頷いて見せてから、一歩前へ出た。

「えっと……。ごめんね、智也くん。確かに、お父さんが士郎の記憶力のよさというか、脳の造形に魅了されて大暴走したのは確かなんだけど。今、君が士郎に話していた、研究所にどうこうっていう部分には、若干誤解があるみたいだよ」

「――誤解？」

智也に向かって話しかける。

しかし、士郎は別のところで引っかかりを覚えて、茶トラを抱えたまま立ち上がる。

そして、充功の隣へ立つと、とりあえず聞いてみた。

「脳の造形って何？」

ここへ来て、初めて聞くワードだった。

士郎自身、脳に興味と言われた時点で、超記憶力よりも、なんらかの障害やその影響を医学的な視点から疑われるか、指摘される覚悟をしていただけに、意表を突かれた。

すると、これに充功が苦笑いを浮かべる。

「なんか、お前の脳みそは、これまでCTしてきた中でも、初めて見るような完璧な造形かつ美麗さらしいぞ。俺にはよくわからないフェチだが、上下左右のバランスが奇跡的にいいとかで、まずはそこに惹かれて興味を持ったらしい」

「――は？」

「けど、その矢先に智也が狸塚家でやらかして、それどころじゃなくなった。だが、実は頭もいい。神童と呼ばれるレベルの記憶力だっていうのを知って、自分の目でどれだけすごいのか、確かめたくなったらしい。なんか、本人曰く〝ずっと研究しているテーマが、脳の造形が能力に与える影響のなんちゃらかんちゃら〟で。その昔に、アインシュタインの脳を見て思い立った、人類史上最高のテーマらしい。あくまでも、本人の思い込みによるものだけど」

「……」

咄嗟に返す言葉が出てこなくなった。

士郎が智也から悲痛な思いを聞いていたときに、充功や颯太郎はそんな話を九から聞かされていたと知ると、これはこれでお気の毒としか感じられない。

（どうりで、充功が戦意喪失なわけだ。それに、父さんだって、きっと慌てて車を出してきて、着いてみたら我が子が大人げないトラップをかけられていて、本当だったらグーパンチしたいくらいだっただろうに。こんな話をされたら――な。というか、もしかしたら、全壊していたノートパソコンを見たところで、僕か充功がやったと思って、まずは黙った可能性はあるだろうけど）

士郎は、今にも漏れそうな大きな溜め息を飲み込んだ。

そして、再び視線を颯太郎と智也に戻して、話の続きに耳を傾ける。

「まあ、造形の話はいいとして。とにかく、お父さん自身は昔の職場に戻りたいとか、士郎という研究材料を見つけたから話を聞いてほしいってことで、自分から連絡を取ったわけじゃないんだって。たまたま、お中元のお礼で電話がかかってきたから、世間話の延長で士郎の話を出したら、一緒に盛り上がってくれて。相手の教授も、それは自分も詳しく知りたいっていうから、子供たちから聞いた士郎の武勇伝的なものは、メールしたそうなんだ」

颯太郎の話を聞きながら、士郎は今一度智也から聞いた話を思い起こして、時系列順に照らし合わせていく。

「でも、そうしたら、余計に教授の興味を煽ってしまったらしくて。今度は、CT画像が見たいって言ってきたから、さすがに病院から持ち出すなんて無理だし、そもそも息子の友達だから、自分がこっそりはしゃぐに留めることなのでって。電話でも、それこそつい さっきも届いたメールにも、断りの返信をしているんだよ」

「断りの返信？」

「そう。けど、メール自体は、パソコンに入れているソフトとスマートフォンの両用だから、返事は出先でスマートフォンから打ってるんだ。けど、智也くんの暴れっぷりからすると、自室の資料と一緒に、返信前のメールを読んだんだろうな——って、お父さんが」

どうやら、研究所とのやりとりは、あの病院で聞いた電話からつい先ほどまでの、ここ三日のことらしい。

また、颯太郎がここまでしっかり説明しているということは、九が相手に断っている謝罪メールを実際に見せてもらったのだろう。そうでなければ、こうはフォローしない。

しかし、そう思ったのも、つかの間のことだった。

「それで——ね。こうなると、今後はここが一番肝心な話になってくるんだけど。君が削除しまくったデータの大半は、研究関係じゃなくて、家族の思い出アルバムの画像とか動画だったみたい。それと……」

（え⁉）

颯太郎は、憔悴している九に代わり進んで説明していたようだが、これは相当言いづらそうだった。

しかも、まだ言いづらいことがあるのは、その表情や話の途切れでもわかる。

「お母さんから表組みして欲しいって頼まれて預かっていた、仕事に使う資料。それも、次の企画に利用したいからって、自分でオレンジタウン中を歩き回って調査してきたらしい情報で。これがパアになったって知ったら、どういうことになるのか、お父さんにはまったく想像が付かないらしいんだよ。何せ、仕事の手伝いを頼まれたこと自体が初めてで。信頼の証よ――なんてことまで言っていたらしいから」

「――」

これには智也だけでなく、一緒に聞いていた士郎も血の気がひく思いだった。

説明している颯太郎の声も心なしか震えているし、充功に至っては他人事でも胃が痛そうに手で押さえている。

「わぁぁぁっ‼　離婚される！」

聞くに堪えなかったのか、想像のできない展開に再び混乱しているのか、九がノートパソコンを抱き締めて泣きそうな声を上げる。

それもあり、焦った颯太郎が、智也の肩をガッチリと掴んだ。

「そういうことだから、もしも智也君がクラウドにあったデータだけでも復元できるなら、今すぐにしてあげてほしいんだ。お父さん。家族画像は記憶にあるし、アナログ写真もあるけど、この仕事のデータに関しては、全部数字だったから、まったく思い出せないって言うから」

思わず力が入ったかのか、ガクガクと揺さぶると、それに合わせて智也もウンウンと頷いた。

そして、青ざめた顔で士郎のほうを向くと、

「しっ、士郎！　ごめん、パソコンかして！　でもって、知識があったら手伝って!!」

縋り付くように叫んでくる。

当然士郎も、これには「わかった！」と答えた。

慌てて家に戻ると、そこからしばらくはデータの復元に励んだ。

8

（クラウドの状況や設定がわからないから、なんともだけど。もし、僕らでどうにもならなかったら、ここは繚《りょう》さんに聞いてみるしかないかな？）

士郎はあの場にいた全員で帰宅をすると、まずは智也を子供部屋に上げて座卓を用意した。

父親たちが一階のリビングでちびっ子たちと待機する中、士郎は智也と並んで座り、まずはノートパソコンを立ち上げる。

背後からは充功から話を聞いた双葉が、一緒になって心配そうに見守っている。

そうして、まずは智也に利用しているクラウドにログインしてもらった。

そこからは、顔を突き合わせながら、消し去ったデータの復元《ふくげん》を試みる。

「あ、それなら設定からいけるんじゃないか」

「うん。そんな感じだよね」

双葉と士郎に指示されながら、智也が設定を開いて、画面をスクロールしていく。

どんなに智也が「父親があとから復元できないように」と、ゴミ箱の中から何から入念に消し去っても、この道のプロが操作したわけではない。

何より、九が使用していたクラウド自体が、普段利用しているワードやエクセルソフトの延長で契約登録していたクラウドストレージだったことから、そこまで苦戦せずに復元ができた。

大衆向けだけに、誤って消した場合も想定しているのか、ある程度までなら自分たちでも復元できるようになっていたのが幸《さいわ》いしたのだ。

「よかった～」

「セーフだな」

双葉と充功が胸を撫で下ろす。

士郎は智也のログイン操作からは目を逸らしたが、それでもあとでＩＤやパスワードを変更するよう、九に言ってほしいことは智也に伝えた。

「わかった。ありがとう――って、何これ。知らない」

復元データを確認していた智也が、一つのフォルダをクリックした。

「ん？」

「写真画像。前に見たアルバムには、貼ってないのばかりだ」

ここで復元されたデータの中にも、家族写真の画像や動画の一部があったようだ。

「わ。今以上にパッンパッンのコロコロの三頭身だ。これ、本当に俺かな？」

「赤ちゃんなんて、こんなもんだよ」

画面に並んだ写真は智也がまだ一歳にならない頃のもので、九が張り切って撮ったのか、母親が抱いているものが多い。

カメラを向けられても意識して笑うことのない写真ばかりだったが、それだけに当時の様子がそのまま見られる写真だ。

「なんか、不思議。産んで半年後には仕事復帰してるから、お母さんって育児にまったく参加してないのかと思ってた。ずっと今みたいに仕事仕事なんだって……」

「疲れ果ててるのが見てわかるけど。でも、抱き慣れてる感じだから、そこはできる限りしてきたんじゃん？」

「それで、動画のほうは？」

「——あ、はい」

一緒に覗き込んでいた双葉に言われて、智也は少しハッとしていた。

また、充功に催促《さいそく》されて、動画のほうもクリックをする。

すると、こちらは母親が撮ったのだろうか？

〝ともた〜んっ。オムツかえたら、パフパフで気持ちがいいね〜〟

〝ぷわーっ！〟

〝そうかそうか、ご機嫌だね～〟

〝あーっ〟

〝それにしても、脳みそがいっぱい詰まっていそうな頭だね～。ママは、いっぱい頑張って生んでくれたんだよ～。大きくなったら、ありがとーって、しようね～〟

〝あうあう～っ〟

見た瞬間に吹き出してしまいそうな父親と智也のやりとりだった。

（やっぱりここでも脳みそなんだ！　けど、この分だと、難産《なんざん》だったのかも？）

士郎には日常茶飯事と言っても過言《かごん》ではない光景だが、智也からすると相当恥ずかしい父親の姿だったのか「うわっ」と声を漏らした。

おそらく、もの心着いたときには、今の淡々とした九家が出来上がっていたためか、想像もしていなかったのだろう。

この分だと、智也が見たというアルバムに選抜《せんばつ》された写真も、記念や節目《ふしめ》毎のものばかりが貼られたものだったのかもしれない。

〝――アホか〟

しかも、見ていられないとばかりに呟く母親の声が、なんとも言えない。

だが、本当に言葉通りだと思っているなら、自らビデオカメラは持たないだろう。

もしかしたら父親が頼んだ可能性はあるが、いずれにしてもこうした写真や動画が残っているということは、仕事第一と言いながらも第一子フィーバー的なものはあったということだ。

　智也自身は、すでに今の家庭環境に慣れてしまっているので、少し他人の家を見るような目をして首を傾げていたが――。

「まあ、世の中には、うちみたいに親子揃ってスキンシップが激しい家もあれば、そうでないことが普通っていう家もあるからね。それに愛情なんて個々に持ち分が違うものを、他人の秤《はかり》で比べることもできないし」

「双葉さん」

「智也が今の状況に、心から満足してないなら、そこはストレートにぶつけねぇと、親でもわからないかもよ。何せ、自分じゃねぇからな」

「……充功さん」

　それでも双葉や充功に意見をされると、智也は思うところがあったのか、こくりこくりと頷いていた。

「もしかしたら智也くんのお母さんは、誰に対してもクールなのかもしれないし。お父さんも今日見た感じだと、実はものすごいマイペースな人で。けど、コレってなったら後先考えずに行動しているところは、こう言ったら申し訳ないけど、智也くん受け継いじゃったよね」

それでも士郎にズバリと指摘をされると、「あ」と漏らした。

「確かにそうかもしれない。ごめん」

「その勢いで無茶して、自分が痛い思いをしないようにしてくれたら、それでいいよ。僕も気をつけるけど、お互いに心配は少ないに越したことはないから」

「――うん。ありがとう」

士郎はノートパソコンを閉じてしまうと、その後はみんなで一階へ下りていった。

すると、九から連絡をもらい駆けつけたのか、リビングには智也の母親がいた。

「母さん」

仕事中か出先だったのか、それでも駆け付けたことがわかる彼女は、今日もきっちりとしたスーツ姿だった。

驚く智也を余所に、まずその場に立って深々と頭を下げると、

「この度が家の者が大変ご迷惑をおかけして申し訳ありませんでした。特に主人が――。本当にごめんなさい」

士郎にも家族にも改めて謝罪をしてくれた。


その後、智也は父親の運転する車で、家族揃って帰っていった。

士郎たちは気持ちを切り替えると、みんなで颯太郎を手伝い、夕飯の時間を迎える。

「ただいま〜」

「あ！　ひとちゃん!!」

「ひっちゃ！」

「寧くん、おかえりなさーいっ」

しかも、今夜は寧も営業先から直帰したので、七時には全員で食卓を囲むことができた。

士郎はこれだけでも、幸せだな――と感じる。

そうして家族揃って、「いただきます」だ。

「いや、もー。今日も大変だったぜ〜」

さっそく充功が代表して、事情を知らない寧に、今日あったことをペラペラと話す。

「そんなことがあったのか。でも、さっきまでいたなら、智也くんたちも夕飯に誘ったらよかったのに」

ただ、智也に気を遣っただろう寧が、そういったときだった。

颯太郎が少し困ったような顔を見せた。

「それが、一度は誘ったんだけどね――」

聞けば、颯太郎が母親を夕飯に誘っていたらしいのだが、そこは懇切丁寧《こんせつていねい》に断られた。

〝今一度、徹底的に教育をしますので、成果が出ましたらぜひ〟

そう言って、肩を落とされたらしい。

実は、自分が神経質すぎるのもあるが、九の咀嚼音《そしゃくおん》が気になって仕方がない。

智也はそうでもなく、また気にならないようなので一緒に食事をしているが、これが理由で自分だけわざと食事時間をずらすことが多い。

そうでなくとも、仕事が不動産関係の営業とあって、一日中歩き回る。

疲れて帰宅したところで、余計なことでイライラした上に怒りたくないし、何より智也がまだ幼稚園くらいのときに「うるさい、静かにして」と怒鳴ってしまった。

すると、これに智也のほうがビビってしまい、食卓では口を利かなくなった。

それまでは「聞いて聞いて」とやっていた、園での出来事も話さなくなってしまい、さすがにこれはまずいと反省。

智也も気の毒だと思い、自分が時間をずらすことで二人で楽しく食事をしてもらっているが、未だに三人が揃うと二人が気を遣って話をしないらしい。

だが、こうして誘われても喜んで受けられないのは智也が可哀想だし、自分も辛いので、こうなったら一度は諦めた食事マナーを、今一度やり直すといき込んでいたという。

「食卓で会話がないって、そういうことだったのか！」

「これは、なんとも言えないね。どれぐらいの音なのかはわからないけど、生理的に無理って人はいるだろうし」

「だよね。そもそもお母さん自身が神経質だって言ってるところで、実は大したレベルじゃなくても、気に障って仕方がないってこともあるし。本当に、他人とは食事させられないレベルの可能性もある」

颯太郎から話を聞くと、充功、双葉、寧が顔を見合わせながら、頷き合う。

「でも、今なら智也くんもお母さんの言うことが理解できるだろうし、今回のことでお父さんはしばらく信頼回復に努めるだろうから。いっとき食卓が教習所になっちゃっても、これまでよりは楽しく過ごせるんじゃないかな？」

「多分、そうだろうね。お母さんのほうも、最近仕事で肩の力を抜くことを覚えられた。これまで、自分にどれだけ余裕がなかったのかもわかってきたから、まだまだ仕事は忙しいけど、今後は少しずつ意識して家庭やご近所付き合いを改善していくって言ってたから」

士郎が希望を持ってこれからの九家の話をすると、これに颯太郎も答えてくれる。

いろいろな意味で個性的な家族ではあるが、結果として本人たちが上手く生活していけるなら、士郎は他人がとやかく言うことではないと思うし、今後は意識して近所づきあいを考えてくれるなら、危惧することはほぼ何もない。

強《し》いていうなら、九の言う「脳の造形美学」が気になるところだが――。

「結果オーライなら、士郎が気を遣った甲斐もあったってことで」

「それより樹季たちはどうしたんだ？」

「武蔵も黙り込んで――、七生まで」

しかし、士郎が余計なことを考えていると、兄たちが弟たちの静けさに気がついた。

言われてみると、確かに妙だ。

すると、武蔵と樹季、そして七生はお互いに顔を見ながらクスクスっとする。

「お話終わるの待ってたの」

「途中で邪魔しちゃ駄目だよって、士郎くんに教わったから」

「なっちゃも、しーよっ」

さも「偉いでしょう」と言わんばかりに話し始める。

「あ、ごめんごめん。ありがとう。もう終わったから大丈夫だよ」

「ってか、士郎くんから教わったって。すごい呪文だな」

「別に、これは無理強いじゃないだろう」

士郎が話を促す側で、充功がお決まりのように茶々を入れてくる。

「それで樹季たちは、何を話そうとしたの？」

代わりに寧が聞いてくれた。

何かよほどいいことがあったのか、三人が揃って目を輝かせる。

「あのね。あ、武蔵。言っていいよ」

「うん。あのね、さっきもらった智也くんのお母さんのお土産、ドーナツだった！」

だが、ここでまた耳にすることになった「ドーナツ」の名を聞くと、充功が思わず吹き出しそうになった。

士郎も（まだ残ってるのに？）と、颯太郎たちと目配せをする。

「包みが違うから別のお菓子だと思ってたら、ドーナツだったの。すごいよね！　でも、もうすぐ食べ終わっちゃうから、またこないかな～って願ったら、本当にきたの！」

「いっちゃん、魔法使いみたいでしょう！　ね、七生」

「ねーっ」

しかし、樹季たちにとっては、まだまだドンとこいという勢いだった。

夏休みのおやつが補充されていくのに、文句などあろうはずがない。

それでも、あまりにドーナツばかりが続くので、士郎は思わず樹季の顔をまじまじと見てしまった。

（確かに引き寄せの魔法みたいだな）

士郎らしからぬ、非科学的なことを考えてしまった。

＊＊＊

翌日から週末の町内祭まではあっという間のことだった。

前日から櫓の組まれた会場には、士郎と子供たちで作った花や輪つなぎが飾られ、どこからともなくお囃子《はやし》の音楽が流れていて、いっそう気分を盛り上げる。

（――え）

ただ、これだけは、一体誰が言い出したのか？

役員たちを悩ませた寄付金者の名前を連ねる掲示板が大々的にアレンジされた。

なんと「あまりに順列でクレームが来るので」と前置きした上で、公園に置かれた遊具である円形可動型の回転ジャングルジムに、ぐるりと貼り付けられていったのだ。

目線に合わせて、上から三段くらいで調整されて貼られているが、これなら同額寄付者の誰がトップで貼られているのか等は、わからない。

これに興味を持ったものが見て回るか、それとも掲示本体を回すかは人それぞれになるだろうが、それにしても――だ。

（これはもう、とんちを利かせたというよりは、嫌がらせに走った？　そもそも気にしない人はこれでも気にしないから、ダメージを受けるのは愚痴った人たちだけだろうし）

それこそ、あいうえお順でもアルファベット順でも同額・最後尾に掲示されてしまうだろう渡辺亘《わたなべわたる》社長など、

「誰だよ、順番で文句なんか言ったのは！　これじゃあクルクルされたら、せっかくの社名が見て貰えないじゃないか！　普通に貼ってくれて、かまわないのに！　しかも、面積の都合なのか、半紙がハガキサイズになってるし！　縁起物の伊勢海老《いせえび》模様だって、これじゃ甘エビだ！」

かえって残念な結果になってしまった。

彼が青年団員に愚痴っていたわけではないことだけは、明確になったが――。

なんにしても、これなら来年からまた元に戻るだろう。

それでも、こうした掲示板の意味がわからない子供たちからしたら、無駄にクルクルして遊んでしまうだけだが、元は遊具だ。

こればかりは、誰も責められない。

ただ、これはこれで物珍しかったのか、通りすがりの女子中学生たちがスマートフォンで動画を撮り始めた。

「ぷっ」

これを見た士郎は、（結局こんなもんだよな）と実感して、小さく吹いてしまった。

そうして迎えた希望ヶ丘町内祭の当日――。

（繚くん、そろそろ来るかな？　朝早くて申し訳ないけど、神輿や山車がスタートするのが十時からだからな）

公園のほうから祭り囃子が聞こえる中、士郎は朝から時計を気にしつつ、都心からやってくる繚の到着を待っていた。

電車移動で子猫を入れたケージ持参なので、それなりの重さはあるだろうし、来るのは二度目でも気が気でない。

「それでお友達は、猫を連れてくるんだよね？　家で一匹だけで留守番させて、大丈夫なの？　それとも、交代で出かけようか？」

すると、樹季と武蔵に浴衣を、そして七生に法被を着せて、朝からの一仕事を終えた寧が声をかけてきた。

双葉や充功はキッチンで昼食などの作り置きをしている颯太郎を手伝い、こちらもまた奮闘中だ。

「ありがとう、寧兄さん。でも、猫にはハーネスを付けているし、本人が抱えていくから大丈夫って言ってた」

「そっか！　なら、よかった」

「たっ、大変だ！　柚希ちゃんがお熱出したって、柚希ちゃんママが言いに来た！」

しかし、ここで武蔵が慌ててリビングダイニングに飛び込んできた。

エリザベスを迎えに隣へ行ったはずなのに、樹季や七生も一緒になって戻ってくる。

「柚希ちゃんがやるはずだった三区の山車の太鼓を、武蔵に代わって欲しいんだって！　柚希ちゃんからのご指名なんだって！　武蔵は幼稚園でも太鼓が上手だから、それで山車の太鼓を、よろしくねなんだって！」

「きゃーっ。むっちゃよ～っ」

「どうしよう、いっちゃん。あれって〝どんどん、かっかっか〟ってやつだよね？」

「〝どんどん、かっかっか。どんどんどんどん、かっかっ〟でひとつだよ。それの繰り返しだから、武蔵なら大丈夫だと思うよ！」

「わかった！　でも、練習するね」

「うん！」

急に室内が慌ただしいものになってきた。

柚希にしても、昨日まで元気だったはずなのに、今日になって発熱したようだ。

これだから幼児は油断できない。

何より、せっかく楽しみにしていたのに——と、士郎は寧と顔を見合わせる。

「あ、でもそうしたら、浴衣じゃなくて法被だよね。すぐに着替えないと」

それでも寧は、武蔵の法被を取りに行く。

柚希ちゃんが直接武蔵に頼みたいと言ったなら、武蔵もしっかり成し遂げたいだろうからだ。

「ごめんな、七生。七生が乗るとき一緒に乗ろうって言ったのに」

「なっちゃ、みっちゃ、わっちょよ！」

「うんうん。そしたら、子供神輿じゃなくて、山車のほうに七生神輿で着いていけばいいよね！」

「そっか！」

そうこうしている間も、ちびっ子たちは、独断で本日の予定を変えていく。

「え？　山車のほうがコースが長いんじゃなかったか？」

「山車の太鼓も交代制だから、三区だけでしょう。むしろ、距離が減ったじゃん」

「あ！　そうか。ラッキー！」

足代わりの充功は慌てていたが、そこは士郎が一声かけた。

この急展開には颯太郎と双葉も「やれやれ」な様子だ。

「俄然、慌ただしくなってきたな」

「本当」

――と、ここでピンポーンとインターホンが鳴った。

「あ、士郎。お友達じゃない？」

「うん」

士郎は早速玄関へ向かうが、当然のように樹季たちも着いてくる。

なぜなら、獠がシロウを連れてくることを知っていたからだ。

「いらっしゃい。まずは上がって」

「おじゃまします」

「子猫にお兄ちゃんだ！」

「シロウくんも一緒だ！」

「かーいー」

だが、いつにも増してテンションの上がった出迎えに、獠は大分押され気味だった。

見た目だけなら佐竹や充功にも負けないイケイケな兄ちゃんぶりだが、この勢いにはサバトラのシロウとケージを両手に、完全に白旗を揚げている状態だ。

「いらっしゃい」

「おーっ。猫、育ってるじゃん」

「賑やかでごめんね。あ、武蔵！　着替えよう」

「それより、朝ご飯は食べてきたの？　ちらし寿司とかお稲荷《いなり》さんでよければ、たくさんあるよ」

しかも、廊下を抜けてダイニングへ入れば、今度は兄たちと颯太郎が次々と声をかけてくる。

「――ここは、本当に次元の違う賑やかさだな」

そうとしか言いようがないのだろうが、士郎に案内されて、獠はリビングソファへ腰を落ち着ける。

「ごめんね。出かける準備もあるから、余計にごったがえしてるのもある。それより、その手首に装着してるのが、ニャンニャン翻訳機？」

「ああ。まだまだ試作段階だけどな。スマートフォンにも無線で繋げているから、けっこうな距離まで反応を拾えるはずなんだ。そこはまだ試してないけど」

そうして早速、獠の手首に巻かれた翻訳機の画面を見せてもらう。

〝楽しいニャン！〟

すでに電源の入った文字画面には、今のシロウの気持ちが表示される。

「シロウは、ここが好きみたいだな」

「そうしたら、あとでエリザベスとも対面させてみたいね」

「面白そうだな」

すっかり会話が弾む。

ハーネスをつけたシロウが、士郎の腕の中へ飛び込んでくる。

「あ――そう言えば、なんなんだよ。実は捻挫で全治一週間だったたって。あれだけ、変わりはないかって聞いたのに、昨日になってあと出ししやがって」

するると、特に問題もなくシロウを抱いた両腕を見て、繚が言ってきた。

「ごめんごめん。知らせるほどの怪我でもなかったからさ」

「それで、捻挫って手首と足首だったんだよな？」

「うん」

「他は、本当に大丈夫だったのか？」

「おかげさまで。でも、どうして？」

「いや、事故の状況を聞いたら、一番打っていそうなところに怪我がないから。本当にラッキーだったんだなと思って」

やはり、物理的に考えて、頭から後転したはずの士郎が、手首と足首だけしか打たなかったことが不思議だったのだろう。

かといって「そこは神様が下敷きになってくれたから助かった」とは言えない。

それこそ神仏《しんぶつ》やファンタジーには無縁そうな繚に言えば、「やっぱり頭を打ったんじゃないか！」と心配されるだけだからだ。

「あ……。だよね。僕もそう思う」

「わーい！　エリザベスがクマさん連れてきたよ～！」

しかし、こんなときに限って、樹季が驚くようなことを口走る。

(なんだって!?)

驚いて振り返ると、一緒にお祭りへ行こうと約束していた隣の老夫婦が来たようだ。

士郎が話し込んでいる間に迎えに行ったのだろうが、エリザベスもやってきた。

だが、その大きな口には、確かに裏山の祠《ほこら》に収めていた、七生より一回り小さいくらいのテディベアを咥えている。

以前、士郎に洗われ、颯太郎に綻びを縫ってもらったので、大分小綺麗にはなっているが、エリザベス的には不本意そうだ。

「どうしたの？　エリザベス」

「今朝、庭に出したら、咥えて戻ってきたの。なんか。お祭りに持って行きたいのか、ずっと咥えて放さないから」

「そうなんだ！　エリザベス、優しいね」

樹季や武蔵はクマとの再会が嬉しいのか、エリザベスからそれを受け取った。

「そしたら俺が背負って、クマさんも山車に乗せたげるよ！」

「やっちゃーっ」

「クマさんも嬉しいって〜」

端から見れば、子供たちが縫いぐるみごっこをしているようにしか見えないが、士郎は内心、自分と同じように氏神の声が聞こえているのではないかと、疑ってしまう。

「くお～ん」

「エリザベス――。朝から大変だったみたいだね」

少なくとも、クマの運び屋にされたエリザベスには、聞こえているようだ。

士郎のところへ寄ってくると、本当に大変だった――と言いたげな顔で鳴いてくる。

(いやいや、相変わらず、この家のちびっ子たちは優しいの～っ。祭りじゃ祭りじゃ)

しかし、武蔵と一緒に山車に乗れることが決まった氏神は、いつにも増して上機嫌だ。

浮かれた念が、バンバン士郎に飛んでくる。

(クマさん！　まさか、その姿でお祭りに行きたいからって、自力で裏山から歩いてきたんじゃないでしょうね！　誰も使ってませんよね!?)

(そこは夜中のうちに鴉に運んでもらったから大丈夫じゃ。ただ、朝まで犬小屋で待つのがしんどかったがの～)

(だったらクマだけ置いて、ご自身は神社に帰れば――っ。あ、そんなに簡単に出入りできないんでしたっけ)

(そういうことじゃ。まあ、なんにしたって、今日は吾《われ》らのための祭りじゃろう？　そもそも山車は、神を乗せるもんじゃしな～。町のためにも御利益があると思って、終わるまでは面倒を頼むぞ～！)

それにしたって、ここへ来て氏神の世話までしなければならないのかと思うと、士郎は今にも溜め息が漏れそうだった。

「わっちょわっちょ！」

「どんどん、かっかっか！　どんどんどん、かっかっ！」

「七生も武蔵も頑張れ〜！」

これから始まる祭りに浮かれる七生や武蔵、樹季を見ると、ただただ心の底から羨ましいと感じるのだった。

コスミック文庫α

大家族四男10
兎田士郎《とだしろう》の町内祭《ちょうないさい》でわっしょいしょい

2022年3月1日　初版発行

【著者】　日向唯稀《ひゅうがゆき》／兎田颯太郎《とだそうたろう》
【発行人】　杉原葉子
【発行】　株式会社コスミック出版
〒154-0002　東京都世田谷区下馬 6-15-4
【お問い合わせ】　一営業部一　TEL 03(5432)7084　FAX 03(5432)7088
一編集部一　TEL 03(5432)7086　FAX 03(5432)7090
【ホームページ】　http://www.cosmicpub.com/
【振替口座】　00110-8-611382
【印刷／製本】　中央精版印刷株式会社

ISBN978-4-7747-6329-3 C0193